KB001149

나는 파리의 플로리스트

나는 파리의 플로리스트

이
정
은

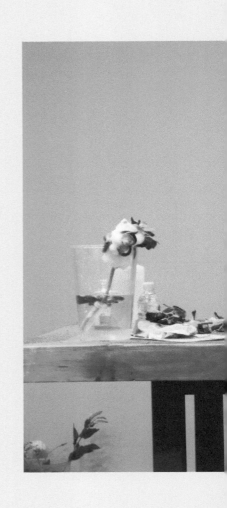

Fleuriste
à Paris

Tokyo

스물여섯, 도쿄로 향하다

CONTENTS

Paris

서른, 파리를 만나다

CONTENTS

Étranger

파리의 이방인

CONTENTS

Tokyo

스물여섯, 도쿄로 향하다

하지메마시테, 도쿄

"1년만 다녀올게요."

그게 시작이었다. 캐리어 하나와 시작된 나의 첫 해외 생활.

한국을 떠나온 지 11년이라는 세월이 흘렀다. 일본 도쿄에 도착한 날도, 그로부터 5년 후 프랑스 파리에 도착한 날도, 코 끝 시린 한겨울 1월이었다.

도쿄 중심의 신주쿠에서 노란색 소부선, 주황색의 중앙선을 타면 5분 안에 도착했던 나카노역의 어느 기숙사에 둥지를 튼 날을 아직도 기억한다. 대학생 때, '지구별 여행자'가 되리라 마음먹고 뉴욕 여행 중 호기롭게 구입한 빨간색 샘소나이트 캐리어가 가져온 짐의 전부였다.

사실 그 가방 안에는 별게 없었을 거다. 도착한 당장에 한국 음식이 생각날 거라고, 일본식 김치는 달아서 먹겠느냐며 굳이 반찬 통에 넣어주신 몇 킬로그램의 김치와 몇 가지 반찬들, 그리고 고추장이 한편에 자리 잡았고. 겨울 옷가지와 손때 묻은 일본어 책 그리고 늘 있는 소지품 정도. 아, 내복도 있었다. 추위를 많이 타서 '사람 사는 데 있을 것 다 있을 동네'라도, 바다 건너 홀로 떠나는 딸 걱정에 엄마가 몰래 쟁여 넣으셨으니까.

어쨌든 그게 다였다.

다른 건 필요하지 않았다. 사회 초년생 월급에서 꼬박꼬박 월세 내고 남은 돈으로 비밀스럽게 적금 통장에 따로 모아 둔 유학 자금으로 부모님을 설득해, 경제적 도움은 필요없으니 1년만 살고 돌아오겠노라 해서 허락받은 해외 생활이었다는 것, 고민하고 꿈꾸던 것들이 현실이 되었다는 사실에—실은 시작에 불과했지만—그저 벅차기만 했다.

처음 지낼 곳으로 기숙사를 선택했던 이유는 사실 일본의 집 구하기 시스템에 대해 잘 몰랐기 때문이었다. 직접 눈으로 보고 결정하고 싶어 선택한 임시방편이기도 했지만, 내심 타지에서 혼자라는 부담을 덜어줄 곳이라는 생각이 들었다. 결국 3개월 만에 부동산을 통해 이사하는 바람에 크게 정을 둘 일이 없었지만 말이다.

내게 나카노中野는 그래서 아련한 곳이다.

그곳에서 나를 발견하는 시작을 했다. 모든 과정이 새롭고 재밌었지만 눈물 젖은 빵을 먹고 인종차별과 문화 충격이란 걸 난생처음 겪기도 했고, 해외에서 한국 사람을 조심해야 한다는 경험마저 했던 일본 생활의 시작점.

스스로 다 큰 어른인 줄 알았지만 실은 그저 세상의 모든

게 신기하기만 했던, 넘어지는 일에 익숙지 않았던, 그리고
다시 씩씩하게 일어나는 법이 무엇인 줄 몰랐던 푸릇한 20대
였다.

잘 부탁합니다

보금자리를 마련하기 위해 부지런히 발품을 팔았다. 우선 마음에 드는 동네를 고른 뒤 부동산을 다니며 둘러본 끝에 괜찮은 집을 발견했다. 주머니 사정상 조건을 많이 낮추는 바람에 마음에 쏙 드는 집은 아니었지만 안전하게 지내기엔 나쁘지 않아 보였다. 서울에서 자취방을 구할 때 계약서를 써보긴 했어도, 막상 해외에서 혼자 덜컥 인감을 찍으려니 불안한 마음이 들었다. 일본에서 오래 생활한 친구의 동행으로 무사히 계약서까지 작성하고 나서야 한시름 덜었구나 싶었다. 그러나 계약하고 돌아오는 길에 새로운 걱정이 시작됐다. 일본은 이사할 때 초기비용이 많이 든다는 것을 그제야 비로소 실감한 것이다.

다음 달에 당장 월세, 부동산 수수료, 보증인 회사 이용비 등으로 2백만 원가량이 빠져나가는데 살림은 또 어떻게 채워 넣을지. 게다가 이후의 생활비를 위한 비상금도 있어야 하는데 어느새 수중에 있는 금액은 내가 처음 계획한 금액에 못 미쳤다. 혹시 모를 비상사태에 대비해 석 달치 월세와 생활비는 마련해두고 싶었건만. 아뿔싸. 마음이 조급해졌다.

그렇게 떵떵거리며 떠났는데 부모님에게 손 벌리고 싶진 않았다. 몇백만 원씩 떡하니 빌려줄 만큼 사회생활 경력이 오래지 않은 건 친구들이나 나나 피차일반이었다. 안부를 물어오는 친구들에게, 아쉬운 소리는 그만 넣어두기로 했다.

기숙사에서의 체류를 연장해 돈을 좀 더 모아 나갈 수도 있었다. 하지만 비자 기간이 얼마 남지 않은 시점인지라 나를 받아줄 집주인이 그리 많지 않을 것 같았다. 그러니까...... 기숙사 1인실 대비 '이사'는 해볼 만한 모험이었다. 그랬다. 한국인끼리 모여 한국처럼 살던 기숙사 생활은 딱 석 달, 그러니까 내가 이 나라에서 혼자 잘 버틸 수 있을까 없을까를 재기에 적당한 시간이었다.

실컷 머리를 굴리고 있던 그때, 시선이 옷장에 꽂혔다.

'역시 죽으란 법은 없구나' 하며 구석에서 집어든 건 첫 직장에서 포상으로 받은 명품 가방이었다. 일본으로 넘어오기 전 외국어 전공을 살려 취업한 면세점 명품관에서 나는 차곡차곡 꿈을 쌓아갔다. 그리고 어느 날 열린, 호주를 포함한 모든 아시아권의 동일 브랜드 직원끼리 경쟁하는 '아시아 태평양 세일즈 콘테스트'에서 3위의 영광을 안고 포상으로 실제 판매모델인 한정판 가방 두 개를 받았었다.

프랑스에 본사를 둔 그 명품 업계에서 매일 몇백만 원씩 하는 제품들을 취급하며 일하는 동안 명품을 향한 동경을 많이 덜어내고 '스스로 명품이 되자'고 다짐했던, 간혹 매너리즘에 빠지려는 나를 굳게 다잡던 시절이 떠올랐다. 언젠가 쓸 일이 있겠지 싶어 일본까지 동행하게 된 가방들은 그때까지 한 번도 세상의 빛을 보지 못한 채 옷장 안에서 잠자고 있었다.

'얘들아, 가자, 좋은 곳으로.'

곧장 가방을 들고 신주쿠 가부키초 근처로 향했다. 중고 명품을 취급하는 숍들이 즐비하고 이름난 환락가인 그 골목과는 인연이 없을 줄 알았는데 사람 일이란 게 또 어쩌다 보니.

제일 처음 눈에 띈 곳으로 들어가 당당히 카운터에 가방을 올려놓았다. 가방의 이모저모 상태와 모델명을 확인한 상점 주인이 내놓은 가격이란 게 정말이지 터무니없었다. 한정 상품일수록 찾는 사람들이 없고 일반 상품에 비해 가치가 떨어질뿐더러 박스도 없어 구매 당시의 상태만큼 완벽하지 않다는 게 그의 입장이었다.

한 번도 안 썼다고! 내가 아무리 강조한들 숫자가 바뀔 것 같진 않아서 그 후로 몇 군데를 더 돌아다녔지만 기대한 가격에 미치진 못했다. 그런데, 한 군데만 더 가보고 개중에서 그나마 괜찮은 값을 제시한 곳에 가방을 팔아야겠다고 생각하고 들어간 곳에서 잭 팟이 터졌다. 마침 그 상품을 찾는 고객이 있었고, 출시한 지 얼마 안 된 한정판이라 숍에서는 귀한 물건이라고 했다. 오 마이 갓! 물론 정상가격을 받진 못했지만 돌아다닌 보람이 있었다.

그렇게 추억과 맞바꾸어 나아진 주머니 사정으로 내 마음은 한결 평화로워졌다. 친구가 운전을 도와준 덕분에 트럭 하나를 빌려 귀국하시는 분들의 살림을 감사히 물려받았다.

우여곡절 끝에 내 보금자리에 안착했다. 드라마에서만 봐왔던, 일본의 콩집으로 이사를 하고 나니 진짜 해외 생활이 시작되었구나 싶었다.

오사카와 후쿠오카로 향한 두 번의 여행, 2주간 가고시마에서 지낸 홈스테이 겸 연수 이외에는 일본에 대한 경험은 무지했다. 그저 학부 때 책으로 영상으로만 접하던 일본이었지만 무사히 졸업장을 받았고, 무사히 취업했고, 무사히 일본어를 사용하며 먹고사는 직장인으로서의 삶을 지속할 줄로만 알았다. 평범하게 때가 되면 결혼하고, 대한민국 한곳에 자리를 틀고 가정을 이뤄 사는 평범한 삶의 흐름을 바꾸기 시작한 시점이 이때부터였다.

첫 번째 정착지 나카노를 떠나 이사를 다니면서도 나카노를 크게 벗어나지 않는 곳에 살게 되었다. 신주쿠와 가깝다는 장점도 있었지만 주오센中央線이라고 불리는 주황색 라인에 위치한 동네들을 유난히 좋아했다. 일본은 보통 2년 주기로 집 계약을 하는데, 참 신기한 게 2년 후의 재계약, 그러니까 갱신을 하고 싶으면 한 달치 월세에 달하는 금액을 집주인에게 갱신비로 주어야 했다.

있을 것 다 있는 콩집의 월세가 평균 5~6만 엔대(한화로

50~60만 원) 정도라고 보면 이건 여간 아까운 게 아니었다. 그렇다고 매번 이사를 하자니 일본은 '힛코시빈보引越し貧乏'라는, '이사를 다니면서 가난해진다'는 말이 있을 정도로 이사하는 데 드는 초기 비용이 월세의 약 2~3배는 기본이라 항상 갱신 시기가 다가오면 고민을 했다.

때마다 '혹시 이러다 언제 귀국하게 될지도 모르는 일인데, 새로운 동네와 집에서 새 기운을 받아보는 것도 나쁘지 않잖아?'라는 결론으로 그렇게 5년 동안 세 번의 이사를 다녔다. 집 찾기와 부동산 교섭의 달인이 되어, 마지막 집은 깐깐한 심사를 통해 입주할 수 있는 공영주택으로, 주변 일반 주택 시세보다 좋은 조건으로 입주하는 행운도 누렸다.

그렇게 공원이 많고 조용해서 산책하기 참 좋은 고쿠분지시国分寺市, 도쿄에서 살고 싶은 동네 1위에 매번 뽑히는, 아기자기한 카페와 벚꽃놀이하기 좋은 이노카시라 공원이 자리 잡은 키치조지吉祥寺로 이사를 했다. 그 후엔 미야자키 하야오 감독의 세계관을 엿볼 수 있는 지브리 미술관이 위치한 동네이자 여러 지하철 노선들이 다녔던 미타카三鷹로, 정말 중앙선 위주로만 자리를 잡았었다.

자전거를 타고 가까운 거리를 다니다 보면, 유년의 아날로그적 감성이 살아나는 듯했다. 아침저녁으로 자전거 바구니에 출근 가방을 넣고 정장 치마를 입은 채 잘도 씽씽 달렸다. 주말

\\\\

에는 바구니 한가득 장본 것으로 채우기도 했고, 햇살 좋은 날에는 책과 먹을거리를 실어 근처 공원에서 피크닉을 즐기기도 했다.

일본인들은 비가 오면 비가 오는 대로, 눈이 오면 눈이 오는 대로 다들 수준급 운전 실력을 뽐내며 자전거와 삶을 공유했다. 그렇게 그들과 섞여 지내는 사이 소소한 일상을 누리며, 조용하면서도 느리게 사는 법을 몸으로 익혀갔다.

나의 20대 중후반이 일본으로 채워졌다. 아날로그와 디지털의 중간 세대에서 성장한 덕에 어쩌면 일본 특유의 감성을 동경했었는지도 모른다. 여백이 느껴지는 대화 속 공기, 직설적으로 표현하지 않아 상대에게 해석을 맡기는 듯한 화법. 동네마다 보이는 작은 구멍가게들, 오래된 간판을 유지하면서 몇 대째 내려오는 식당, 동네마다 마을을 지켜주는 작은 신사(神社)들, 우편과 등기를 즐겨 이용하고 모든 것을 서류화하여 보관하는, 때론 답답하기까지 했던 문화. 그러나 내심 그 모두를 아우르는 여백과 느림의 미학을 꽤나 동경했었나 보다.

매뉴얼을 너무 강조한다거나, 쓸데없이 진지한 사항들을 맞닥뜨릴 때마다 '이런 건 그냥 해주면 안 되나?' 하고 맘속으로 되뇐 적도 있었지만 살다 보니 그런 부분들은 오히려 내게 신뢰감을 주기도 했다. 매뉴얼대로 꼼꼼하게 만들었을 테니까 믿고 사게 되고, 안전한 과정을 거쳤을 테니까 괜찮을 거라고 자연스럽게 믿게 되는 일상.

1년 뒤 나는 귀국하지 않았다.

워킹홀리데이로 도착한 나카노에서 꼬박 반년을 지낸 뒤, 취업을 했고 취업 비자를 받았다. 그리고 회사 생활을 시작하면서 외국인들이 어려워하는 받침이 들어간 내 이름 대신 '메구미めぐみ' 그리고 '애니Enny'라는 이름으로 더 많이 불리기 시작했다.

알바로 20만 엔 벌기

프리타フリーター.

15~34세의 청년 가운데 아르바이트나 파트타임으로 생활을 유지하는 이들을 가리키는 일본의 신조어로, 프리Free와 아르바이트Arbeiter가 합쳐진 말이다. 즉, 최저 시급이 비싼 일본에서는 아르바이트(이하 알바로 칭함)만 해도 충분히 생계가 가능하다. 도쿄 기준으로 한화 1만 원 정도인 시급 1천 엔을 바라보는 시점에서 자유롭게 원하는 알바로 생활을 이어가는 프리타로의 삶이 더 늘어날지도 모르겠다. 실제로 일본의 최저 시급은 매년 오르고 있으니까.

그러니까, 일본은 프리타의 삶이 자연스러울 만큼 알바로 회사원처럼 버는 게 가능한 곳이다. 내가 도쿄 땅을 밟았던 2010년의 최저 시급은 821엔이었고 그 당시 엔화의 환율은 높았으니 지금보다 더 가치 있었다.

초기 정착에 필요한 비상금은 집을 구해야 하는 비용과 더불어 생활비와 함께 눈 깜짝할 사이에 쑥쑥 빠져나갔고 머지 않아 바닥날 것 같은 잔고에 대한 불안감으로 정착한 지 몇 주 뒤 이력서를 쓰기 시작했다. 기숙사에서 멀지 않은 곳에서 출퇴근할 수 있는 곳으로 알바를 찾아다녔다. 그렇다. 나카노는 아르바이트가 넘쳐나는 번화가였다.

알바 자리가 참 많은 도쿄에서 기본적인 일본어만 되면 자리 하나 찾는 건 그리 어렵지 않다. 보통은 가게 출입문 쪽에 '아르바이트 구함'이라고 적힌 공고를 통해서, 혹은 각종 구인 사이트, 혹은 무료로 배포되는 구인 잡지 등에서 구할 수 있다.

실제로 알바를 하고 있으면서도 더 좋은 조건이 없을까 하고 대기업 구인 회사 '리쿠르트'의 자회사인 타운 워크에서 발행하는 잡지를 매주 체크하는 일을 즐겼다. 오전에는 어학교를 가야 했기에 저녁 알바만 찾아다녔고 이자카야와 야키니쿠, 라멘집이 모여 있는 나카노는 저녁 알바의 종합 선물 세트 같은 곳이었다.

그리하여 찾은 나의 첫 번째 아르바이트 '한국식 야키니쿠' 식당.

사장님과 메인 셰프는 일본인이었는데 고기 종류와 부위는 일본식으로, 반찬과 사이드 메뉴는 한국식 메뉴로 식당을 운영하고 계셨다. 순전히 저녁 서비스 시작 전에 든든하게 한국 음식을 한 그릇 먹을 수 있다는 장점으로 이 알바를 결정했다. 대부분의 유학생들이 공감하듯 타지에서 먹는 한식 한 끼가 참 힘이 된다는 걸 그때 알았다.

대학 생활 4년 내내 알바를 했다. 집에서 그리 멀지 않았던 대형 프랜차이즈 피자집에서 4년 꼬박 알바를 했었다. 덕분에 길러진 팔근육이 현재 플로리스트 일에 참 많은 도움이 되고 있는 것 같기도 하고.

스스로 용돈을 벌어 부모님의 부담을 덜어드리고자 한 알바였지만, 곧 습관이 되어버렸다. 주머니 사정이 조금 넉넉해진다는 이유로 학업과 계속 병행했다. 공강 시간에는 교내 근로 장학생으로 추가 아르바이트를 하며 장학금 명목의 용돈을 더 벌기도 했다. 그러나 해외에서의 알바라니, 긴장하지 않을 수 없었다. 당시 오랜 알바와 직장 생활 2년으로 다져진 내공이 있었지만 이력서를 돌리던 날 그리고 알바를 시작한 첫날, 사시나무처럼 떨었던 기억이 새록새록 떠오른다.

다행히 사장님과 동료들은 친절했고 내게 많은 도움의 손길을 건넸다. 그러나 여전히 고객을 상대하는 경어 쓰임, 그리고 술이 걸쭉하게 취한 아저씨들의 사투리는 감당하기 어려웠다. 몇 번의 인종차별도 있었다. 당시만 해도 '욘사마'를 외치는 극소수의 한국 팬이 있었을 뿐이었고 보통 어머니 세대가 팬층을 형성했으니 아직 일본 내 한국에 대한 인식은 미약했다.

눈물이 핑, 유종의 미

3개월간의 어학교 수업이 끝나면서 개인 시간이 많아져 가케모치掛け持ち를 시작했다. 두 개 이상의 일이나 역할을 맡는다는 뜻이다.

역시 사람이 몰리고 돈이 되는 것은 밥집이다. 친구가 데려가준 깔끔한 일본 가정식 식당의 가성비에 감탄하며 계산하고 나가는 길에 발견한 '아르바이트 구함' 전단. 곧장 이력서를 넣었고 다행히 며칠 뒤 면접에 통과하여 일을 시작했다. 오픈부터 저녁 서비스 전까지, 그리고 주말도 스케줄을 넣는다는 조건으로. 유명한 전국 체인점이었고 체계가 잘 잡혀 있었기 때문에 많은 것을 배울 수 있었다. 특히 매일 아침 조회를 했는데 오픈조 스텝이 모두 서로의 옷매무새를 봐주고 나서 회사에서 발행한 '오늘의 한마디'를 한 줄씩 읽어 내려갔다.

처음 몇 주간 외국인 배려 차원에서 내 순서를 건너뛰었던 오늘의 한마디는 언제부턴가 내가 내 몫의 분량을 다 읽어낼 때까지 모두가 기다려주게 되었고, 그 시간이 참으로 머쓱했다. 보통 책에는 한자 위에 요미가나読み仮名로 작게 발음 표시가

되어 있는데, 그게 없으니 당시 아침 조회가 여간 부담스러운 게 아니었다. 게다가 회사 규모가 크다 보니 경어는 물론이거니와 서비스를 '제대로' 수행해야 하는 시스템이었기에 익숙해지기까지 꽤 고생했다.

어색하던 시간이 지나고 내 집처럼 편안해진 순간이 왔지만 그러기까지 눈물을 쏙 뺀 날도 적지 않았다. 식당 메뉴에는 추가로 주문할 수 있는 재료들이 있었고, 때로는 쿠폰으로 결제 처리를 할 수가 있었다. 주문받는 서버가 기계로 손님의 주문을 받아 주방으로 보내는 식이었는데 한번은 그런 일이 있었다.

주문이 밀려드는 피크 타임이었다. 쿠폰 처리를 곧바로 하지 못했다. 설상가상으로 꼼꼼해 보이는 중년의 여성 손님이 식사 후 정정을 요구해왔고 접수를 받자마자 연이어 다른 손님들을 응대하는 사이 처리가 뒷전으로 밀리게 되었다. 즉각 응대는 못 해도 그 손님의 요구를 인지하며 바쁜 주문부터 처리해놓고, 손님이 계산대로 향하기 전에 수정해놓을 셈이었는데 그게 못마땅했던지 거칠게 항의를 해왔다. 그것도 점장님께 직접. 나는 주방으로 조용히 불려간 후 온갖 훈계를 들으며 '너 이거 어떻게 보면 사기야'라는 말까지 들었다.

'응? 이게 왜 사기야?'

대학 시절 오랜 알바와 회사 생활을 하면서 수도 없이 서비스 정신을 배웠고 별의별 컴플레인을 겪은 나지만 이게 왜

'사기'로 번질 수 있는 사건인지 이해할 수 없었다. 하지만 나는 '죄송합니다'라는 말밖에 할 수 없었다. 드라마에서나 볼 법한 자세로 허리를 90도 꺾어 '모우시와케고자이마센申し訳ございません' 그러니까, 정말 죄송하게 되었다는 사과를 받고서야 불만에 찬 고객은 식당 문을 열고 나갔다. 주머니 두둑이 다른 쿠폰들도 챙겨 넣은 채.

고객에게 사과는 얼마든지 할 수 있었다. 서비스업의 성질이 마땅히 그러하고 또 일본은 '스미마센'의 나라 아닌가. 내가 저지른 실수에 대한 '스미마센'을 말하는 건 어렵지 않았지만, 지금껏 열심히 일한 것이 가볍게 구겨진 채 작은 실수 하나로 인종차별적인 말을 들어야 하는 것인지 알 수 없었다. 어린 마음에 상처 아닌 상처가 되었다.

눈물이 핑 돌았다.

같이 일하는 동료들의 위로가 아니었다면 그때 앞치마를 던지고 나왔을지도 몰랐을 일이다. 어쨌거나 취업 전까지 주문도 받고 정산도 하고 주방에서 나오는 요리를 세팅까지 하는 '시니어' 역할까지 담당하며 유종의 미를 거뒀다. 취업 후 당당히 그곳을 나오기 위해.

\\\

새벽 알람이 울리면

이사를 하게 되면서 새벽이 다 되어서야 마치는 야키니쿠 알바를 더 할 수 없게 되었다. 매혹적인 야간 시급이었지만 그걸 택시비로 다 쓸 수는 없는 노릇이었다. 그래서 기존의 정식집 근무시간을 오후부터 마감까지 바꾸고 대신할 오전 알바를 찾았다.

친구가 즐겨가던 빵집에서 새벽 알바를 구한다는 소식을 들었고 운이 좋아 바로 시작하게 되었다. 주 3일 정도의 새벽 오픈조, 일명 샌드위치 팀에 합류하게 됐다. 어느 빵집이든 마찬가지일 테지만 오픈 전 빵을 만들어야 하기에 늘 새벽 타임 일손이 귀하다. 제빵 기술이 없는 나는 샌드위치 팀에서 베테랑 이모와 내 또래의 '사야카'라는 친구와 3인 1조가 되어 그날 팔려나갈 샌드위치를 약 네다섯 시간에 걸쳐 만들어냈다. 러닝타임 중 소독과 준비, 포장이 차지하는 시간이 무려 한 시간에 달했다. 그렇게 몇 번의 아르바이트를 통하여 일본은 과연 '매뉴얼'을 중시하는 나라라는 걸 새삼 느꼈다.

새벽 5시 30분, 여느 때처럼 알람이 울렸다.

잘 보일 곳도 없으니 반쯤 감긴 눈으로 옷장에 보이는 옷을 주섬주섬 입고 선크림만 바른 채 전철을 타고 새벽 알바로 향한다. 자전거로 갈 수 있는 거리였지만 새벽 출근이라 전철을 이용하기로 했다. 교통비가 비싼 일본은 알바도 통근 비용이 지급된다. 다행히 봄과 여름 사이의 날씨는 항상 맑았고 새벽 공기는 하루의 시작에 힘을 실어주었다. 동네는 늘 한적했고 다가올 앞날처럼 평화로웠다.

매일 '이라쇼이마세'를 연발하며 자본주의 웃음을 장착한 채 바쁘게 동선을 따라 움직이는 서비스업과 다르게 빵집 알바는 마스크를 낀 채, 동료들끼리 시답잖은 잡담만 조금 주고받을 뿐, 라디오에서 흘러나오는 아침 방송을 들으며 묵묵히 잘 다듬어진 샌드위치를 만드는 일이 주된 업무였다. 비교적 평화로웠달까. 샌드위치 알바를 끝낸 귀갓길. 위생 모자가 남긴 훈장 같은 자국을 이마에 새긴 채, 양손에는 당일 구워져 고소하지만 손님의 품으로 가지 못한 못난이 빵과 샌드위치를 들고 집으로 향했다.

자투리 시간마저 꽉꽉 알바로 채워 넣었지만 새벽 알바가 있는 전날 저녁은 마감을 하지 않았고, 일주일 중 하루는 꼬박 쉬는 날을 넣었다. 그렇게 온전히 재충전할 시간들을 제외하고는 다람쥐 쳇바퀴 돌듯 반년간 부지런히 알바를 했다. 지독하고, 한편으로 지루한 나날의 연속이었다. 지금 생각해보면 그걸 다 어떻게 견뎠을까 싶지만 그때는 지치는 줄도 몰랐다. 나는 어렸고 무언가 이루어내고 싶다는 꿈을, 아직 이루어지지 않은 무언가를 쫓아가기에 바빴다.

워킹홀리데이 1년간 알바만 부지런히 해도 돈을 벌어간다고 했던 일본이었다. 그러나 나의 계획은 딱 반년 치만 일을 해서 어느 정도 생활비를 벌어놓은 다음 일본어 능력 시험 1급을 치면서 취업 활동을 하는 거였다. 최저 임금은 8백 엔대였지만, 두 개의 일터에서는 9백 엔대로 시급을 쳐주었고 주 5~6일가량 하루 8~10시간 정도 근무로 매달 18~22만 엔에 육박하는, 신입 사원만큼의 월급이 손에 들어왔다. 그러나 반년이 다 되어갈 무렵, 새벽 알바와 오후 알바, 그리고 계속되는 공부에 체력이 고갈됐다.

처음부터 돈을 벌고 경험을 하고 돌아갈 목적이었으면 시급이 더 좋은 알바를 구해서 일하고 여행을 다니면 편했겠지만 내게는 목표가 있었고, 그 계획을 달성하기에 적절한 안정된 생활이 싫지 않았다. 그러나 반복되는 매일의 일정에 시달리며 제대로 된 소속이 없는 채로 목표만 크게 잡았으니 마음에 의지할 곳이 필요했었는지도 모른다. 무언가 변화가 필요했다.

오케이, 프리타의 삶은 여기까지. 낯선 이곳에 혼자 왔지만 하나씩 내 것으로 만들면 된다. 그렇게 완연한 여름이 오기 전, 정들었던 빵집 알바를 정리하고 본격적인 취업 활동을 시작했다.

인사과 좀 부탁드립니다

워킹홀리데이 비자 기한이 반년 남은 시점. 아르바이트 하나만 고정적으로 남겨놓고, 본격적인 취업 활동에 돌입했다. 먼저 취업한 선배도, 심지어 같은 학교 출신의 친구조차 도쿄에 없었다. 갖고 있는 거라곤 동경 내 한인 커뮤니티, 검색과 취업 사이트 그리고 유일한 무기인 '패기와 깡'.

일본으로 건너가기 전, 친구들과 재미 삼아 본 사주풀이에서 '너는 무인도에서도 살 사람'인데 뭐가 걱정이냐는 말을 들었던 게 생각났다. 그래, 반년이나 남았다며 스스로를 다독였다.

일단 신주쿠에 있는 파견 회사에 등록하기로 했다. 일본은 여자 회사원들을 OL^Office lady이라고 부르기도 하는데, 그중 보조 작업을 하는 업무는 상당수가 파견직이다.

한때 리메이크작으로 인기를 끈 김혜수 주연의 드라마 〈직장의 신〉의 원작 〈파견의 품격〉. 일본에서 드라마가 엄청난 인기를 몰았던 만큼 일본 사회의 파견 제도는 너무나도 자연스러운 취업 구조 중 하나이다. 물론 계약직이라는 틀에 갇혀 있지만 파견 나간 회사와의 계약이 끝나면 다른 파견 나갈 회사를 소개해주는 시스템이니 내 실력이 온전한 이상, 늘 다음 고용이 대기하고 있는 셈이다. 실제로 〈파견의 품격〉처럼 정직원을 그만두고 파견 생활만 하는 분들도 계신다.

주어진 일만 잘하고, 본인의 실력을 부지런히 쌓아 시급을 높이는 파견의 삶도 나쁘지 않다고 생각했다. 파견을 나간 회사에서는 주어진 일이 끝나면 칼퇴를 하고 나머지 시간은 여유롭게 본인을 위해 쓴다. 〈파견의 품격〉에 비견될 정도가 되면 그야말로 정직원 못지않은 파견 인재가 되는 거다. '일단 파견으로라도 시작해보자'라는 옵션을 하나 더 추가했다. 운이 좋아 파견을 나간 회사와 직접 계약을 할 수 있을지도 모르는 일이라 생각하며.

그러나, 파견 회사 등록 면접은 생각만큼 쉽지 않았다. 신주쿠에 위치한 몇 군데 파견 회사를 두드렸지만 면접을 보는 곳마다 결과는 '스미마센'이었다.

일본어를 할 줄 알지만, 일단 일본 회사에서 일한 경력이 없고 역시 비자가 반년밖에 남지 않았다는 이유가 컸다. 패기로 들이민 지 한 달 만에 고개가 땅으로 숙여졌다. 비자라는 관문에 부딪히자 마음이 조급해졌다.

일본 대학 졸업자 아님.
일본 사무 경력 無.
반년 뒤 비자가 끊김.

이 세 가지 핸디캡을 가지고 두드릴 수 있는 곳을 찾아야 했다. 일본 취업 사이트에서 구인하는 '신입 사원'은 일본 대학 졸업장을 가진 자를 우선으로 하며 보통은 대학 3학년부터 취업 활동을 시작하여 졸업 전에 취업 자리를 구해놓는 것이 관례여서 20대 중반인 나는 신입 사원의 조건으로 미비한 것이 많았다. 어떻게든 일단 나를 받아줄 수 있는 곳으로 들어가 비자를 받고 경력을 쌓아 이직하기로 마음먹었다.

일본은 헤드헌터의 활동이 활발한 만큼 이직 활동으로 몸값을 올려 이직할 수 있는 회사가 많다. 대기업만큼의 연봉과 복지가 지원되는 탄탄한 중소기업들이 많은 나라가 아닌가. 그리하여 계획을 조금 수정했다.

카페에 앉아 이력서와 지원 동기서들을 고쳐 쓰며 내 핸디캡을 장점으로 만들 수 있는 것들을 써 내려갔다.

일본 졸업장은 없지만 일어일문학과 마케팅을 전공했다. 3개 국어를 한다. 한국의 스펙 만들기 대열에 껴서 일본 대기업에서 인정할 만한 토익 점수도 만들어놓았다.

일본 사무 경력은 없지만 대학 졸업 후 직장 생활 경험과 오랜 사회생활로 인해 눈치를 잘 읽는다.

비자가 얼마 남지 않았다, 이 간절함으로 열심히 일할 각오가 되어 있다.

그리하여 일본에 진출해 있는 한국 기업, 한국에 진출해 있는 일본 기업들 리스트를 작성해 인터넷에서 각 기업 인사과 번호를 찾아 회사 이름 옆에 적어 넣었다. 지금 생각하면 아찔한 계획이었다. 20대라서 가능했던 막무가내 정신이었다.

그러나, 훗날 30대가 되어 모든 걸 접고 프랑스로 단신 유학을 왔으니...... 나는 정말 무인도에서도 살 인간인지도 모르겠다.

사람 구하시나요?

레이스는 시작되었다.

까짓것 얼굴도 모르는 사이인데 거절당해도 당당하게 나가자. 리스트는 이미 가득 채워져 마음 한 편이 든든했다. 첫판부터 거절당한들 다음 후보지가 있으니 괜찮게 여겨졌다. 떨리는 목소리로 목록에 첫 번째로 올라 있는 회사부터 전화를 걸기 시작했다.

그리고 두 번째, 세 번째 회사.

"지금은 구인하는 시기가 아니라 죄송하다."

"우리는 공채로만 받는다."

"담당자가 자리에 없다."

다양한 이유로 리스트는 어느새 절반이 날아가 있었다. 힘 빠지는 시나리오대로 흘러가고 있었지만 좌절하기에는 아직 일렀다. 업무 전화도 '네네' 하고 끊을 판인데 일자리 좀 주십쇼—비자도 주시면 좋고!—하는 전화를 누가 반가워할까. 당연한 결과이니 낙담하지 말자고 스스로 다독이며 전화를 이어갔다. 대학 시절, 홍보 동아리 활동을 하며, 졸업 선배들에게 기부금 요청차 수십 통씩 전화를 돌리던 나는 '얼굴에 철판 깔기'에 있어서는 제법 노하우가 있었다.

개중 몇 군데는 담당자 이메일 주소를 얻어내는 데 성공했다. 합격한 것도 아닌데, 맨땅에 헤딩하고 얻은 기회라 몹시 간절했다. 나도 모르는 새 전화기에 대고 인사를 꾸벅꾸벅했다. 여세를 몰아 한 통 더 이어갔다. 한국 굴지의 여행사 도쿄 지사였다. 간단히 자기소개를 마친 뒤, 인사부 담당자를 연결해 달라고 부탁했다. 전화를 받은 직원이 멈칫했다. 얼굴은 보이지 않지만 도와주고 싶어하는 것이 느껴졌다. 잠시 후, 지금 담당자가 자리를 비웠으니 나중에 다시 전화하라는 답이 돌아왔다. '앗, 이대로 끊기면 안 된다!'는 생각이 머릿속에 꾸역꾸역 차올랐다.

"여름인데, 혹시 가이드 일손이 모자라지 않으신가요? 인솔이든 뭐든 좋아요. 사람을 안 뽑으시면 아르바이트라도 지원하고 싶습니다!"

사정이 딱해 보였는지 혹은 단순한 호기심이었는지, 전화를 받은 담당자는 잠시 망설이더니 본인의 회사 메일 주소를 건넸다. 이쪽으로 이력서를 보내면 자기가 인사부에 넘겨주겠다는 은혜로운 말과 함께. 전화를 끊은 뒤, 곧장 이력서를 보냈다. 이후의 일은 운명에 맡기기로 하고.

그로부터 며칠이 지나, 여행사로부터 면접을 보러 오라는 연락을 받았다. 시작이 반이라 했던가! 무모한 도전에 기회를 주다니 뛸 듯이 기뻤다. 내가 보낸 몇 통의 이력서 중 제일 먼저 도착한 연락이었다.

그날 그 시간에 전화를 받은 담당자가 나를 살린 것이다. 나중에 직접 만나 들은 이야기로는, 내 부탁이 하도 간절해 보여 그냥 지나치지 못했고, 회사에서 오지랖을 부린 바람에 결국 인사부 담당자에게 한소리를 들었다 했다. 그러나 차마 모른 척할 수 없었던 것이, 본인도 워킹홀리데이로 시작한 유학이라 동병상련을 느꼈다고. 그리고 그런 패기를 지닌 사람이 내심 궁금했다고 전했다. 그렇게, 전화 한 통으로 나의 첫 번째 이민 생활이 시작되었다.

무턱대고 한솥밥

떨리는 첫 면접을 보러 가는 길. 무턱대고 걸었던 전화의 타이밍이 회사에서 원래 진행되고 있었던 면접일과 공교롭게도 맞아떨어졌다. 면접자가 정해진 상황에서 나는 운 좋게 추가 후보자가 되었고 일본어로 된 정식 취업 면접을 보게 됐다. 기막힌 타이밍에 닿은 우연인 동시에 내게 기회가 왔다는 말이기도 했다.

긴장한 탓인지, 한 시간이나 일찍 면접장에 도착했다. 회사 건물을 확인한 뒤, 근처 카페로 들어가 구석진 곳에 자리를 잡았다. 일본인 친구들의 조언을 받아 일본식 면접 차림으로 신경을 썼다. 칼라가 있는 무늬 없는 흰색 블라우스에 검은색 A라인 스커트, 검은색 구두에 검은색 서류 가방으로—면접만 아니면 결코 걸칠 일이 없을 것 같은—코디한 모습은 누가 봐도 면접을 앞둔 사람이다. '일본은 왜 면접 복장부터 해서 신입 사원들의 출근 복장이 매뉴얼화 되어 있는 걸까' 하고 정장 매장을 둘러보다 의문을 가졌었다. 영락없는 모나미 볼펜 스타일로 화장실 거울 앞에 섰는데 그런 내 모습이 어색하면서도 나쁘지 않았다. 기념으로 화장실에서 셀카를 하나 찍었다.

　미리 출력해온 기출문제를 펼치고 앉았다. 홈페이지에서 회사에 대한 몇 가지 주요 정보들을 조합해서 일어로 번역을 했다. 그리고 예상 질문에 대한 답을 적어 며칠 전부터 일본인 친구의 도움을 받아 모의 면접까지 했지만 떨리는 건 마찬가지였다.

　몇 모금 홀짝거린 후 내려놓은 커피가 다 식도록 기출문제만 들여다보다 잠깐 고개를 들어 카페 내부를 둘러보니 맞은편 테이블에 또래 남자가 앉아 있었다. 누가 봐도 나와 꼭 같은 면접자 복장을 하고 말이다. 데칼코마니처럼 커피 한 잔을 앞에 두고 서류를 뒤적거리는 그와 눈이 마주쳤다. 설마 같은 회사 면접은 아니겠지? 멋쩍기도 하고 해서 입꼬리를 슬쩍 올리곤 눈인사를 보냈다. 각자의 사정이야 어떻든 파이팅해보자는 뜻으로.

　세 명의 면접관 앞에 앉은 네 명의 면접자 중에 나는 유일한 여자 지원자였다. 기죽지 말자고 다짐하며 자세를 고쳐 앉았다. 그리고 옆 옆자리에, 카페에서 본 그 사람이 앉아 있었다. 모두 탈락할 수도, 오직 한 사람만 합격할 수도 있었다. 우리는 무언의 격려를 주고받던 사이에서 금세 경쟁자가 되었다. 그날 면접장에서의 질문은 기억 속에서 희미하게 사라졌지만 여러 답변 중 유일하게 기억하는 내 대답은 그랬다.

　"뼈를 묻고 살 각오로 일본에 넘어왔어요."

그러니까 제발 날 좀 뽑아라, 뽑히고 싶어 죽겠다는 대답이 조금 황당하게 들렸을지도 모르겠다. 다만 내 눈은 그들에게 '진짜'를 말하고 있었을 것이다. 그로부터 일주일 뒤, 도쿄 지옥철에 합류했다. 집에서 회사까지는 두 번의 환승을 포함해 한 시간가량 되는 거리였지만 면접에서 뽑혔다는 사실이 콩나물시루 같은 출근길을 견디게 했다.

첫 출근 날. 월요일 조례에서 신입 사원으로 소개되었다. 한국에서 사회 경험이 있다고는 했지만, 일본에서의 첫 회사 생활이라 말 그대로 신입이었다. 간단한 소개와 함께 '요로시쿠오네가이시마스(잘 부탁드립니다)'를 연신 내뱉으며 각 부서를 돌고 나니 정신이 들었다. 진짜 일본에서 취업을 했구나.

자리에 앉아 숨을 고르고 있는데 맞은편의 선배가 눈인사를 보냈다. 그리고 회사 메신저로 도착한 메시지.

'그때 메구미상 이력서를 받은 G라고 합니다. 패기에 감동해서 잘되었으면 좋겠다 했는데 결국 한솥밥을 먹게 되었네요. 잘 부탁드려요.'

그때, 전화를 끊지 않고 도움을 주었던 선배다. 그의 배려 덕에 어쩌면 여기까지 올 수 있지 않았나 생각하니 감사의 말이라도 직접 전해야 할 것 같아 점심시간에 캔 커피 하나를 조심스레 건넸다. 호탕한 웃음을 터뜨린 선배는, 자기가 막내였는데 후배가 생겨 좋다며 사람 좋게 환영해주었다. 그렇게 떨리는 일본에서의 첫발을, 동료의 응원 속에서 내디뎠다.

나는 도쿄 호텔을 담당하는 팀에 들어갔다. 본사에서 보내오는 리퀘스트에 맞춰 호텔 담당자와 컨택해 객실을 예약하고 팀장님의 호텔 영업에 동행하며 현장 일도 배웠고, 월말에는 팀 내 정산에도 참여했다. 그리고 받침이 들어간 어려운 내 이름을 대신할—한자가 비슷한—'메구미'라는 이름도 생겼다.

제일 어린 막내이기도 했지만, 뭐든 열심히 해보겠노라고 뛰어다니는 에너지가 기특했던지 회사 동료와 상사 들, 그리고 거래처까지 부서의 마스코트라며 토닥여줬다. 덕분에 매일이 새롭고 즐거운 나날이었다.

굳이 그곳이 아니었더라도 취업 활동은 계속 이어졌을 테고, 어딘가 소속이 되어 취업 비자를 갱신하며 일본 생활을 시작할 수 있었다손 치더라도 그 회사를 시작으로 나의 진짜 일본 생활이 시작된 건 돌아보니 행운이었다. 좋은 사람들을 많이 만났다. 그러니까, 일본 생활에서 빠질 수 없는 한국인 인연의 절반은 여기서 시작되었다. 어떻게 이렇게 모였을까 싶을 정도로 죽이 잘 맞았던 사람들. 특히 비슷한 나이대의 우리는 일본 생활의 희로애락을 늘 함께 나누었다. 그들이 있어 외로운 순간들도 좋은 추억으로 흘려보낼 수 있었다. 인연이라는 게 참 우습다. 나를 이 회사로 이끌어준 선배 G는 일본 생활 내내 소울메이트로 버팀목이 되어주었고 옆에서 면접을 같이 봤던 카페의 그 친구는 훗날 자회사에 지원해 합격했다. 그리고 우리 멤버 중 한 명이 되었다. 그는 그날 면접에서의 인상을 정확하게 기억하고 있었고, 대답처럼 정말 일본에서 뼈를 묻을 사람처럼 또박또박 면접을 잘 보던 내가 뽑혔을 것 같은데 탈락 연락도 없었으니 결과가 참 궁금했다 전했다. 그 친구야말로 지금은 지인이 설립한 회사의 매니저로 승승장구하며 자리를 잡았으니 면접에서 내가 뽑힌 건 서로에게 잘된 일이었다고.

많은 시간들을 함께했던 멤버 중 귀국한 사람들도 있고, 도쿄에서 결혼을 하고 가정을 꾸린 사람들도 있지만 아직까지 단체 채팅방에서 늘 안부를 주고받고 격려를 전한다. 파리에 있는 나를 포함해서, 그렇게 10년 넘게 서로의 안녕을 확인하는 가족 같은 사이가 되었다. 직장에서는 선후배, 그리고 일이 끝나면 한배를 탄 도쿄의 외국인 노동자. 열 명이나 되는 사람들이 그렇게 매일을 직장에서 그리고 밖에서, 일본 곳곳을 함께 누볐다. 타국에서 가족의 빈자리를 채워주며 우정을 만들었다. 여행사에서 만난 사람들답게, 사람을 좋아했고 여행을 좋아했으며 소소한 만족과 행복을 타인과 나눌 수 있는 여유들이 있었다. 땅이 뒤흔들리던 순간도, 꼰대 상사의 뒷담화를 하며 술잔을 기울이던 순간도, 연애에 뛰어들었던 순간도, 이직하며 뿔뿔이 흩어져 각자의 길에서 또 넘어지고 성장하는 순간까지 늘 함께여서 유쾌했다.

하루의 쓸쓸함을 퇴근 후 맥주 한 잔으로 쓸어버리고 다시 웃는 얼굴로 회사에서 아침을 맞이하는 일상이 즐거울 수 있었던 이유들로 도쿄 생활은 또 다른 고향 같은 느낌을 주기에 충분했다.

그렇게 워킹 비자가 끝나가던 즈음 취업 비자를 신청했다. 3년짜리 비자가 승인되었다. 여느 외국인 노동자나 그렇지만 출입국 사무소에서의 비자 갱신을 받는 날은 내가 외국인임을 실감하게 한다. 이게 뭐라고. 비자를 무사히 예상했던 연수^{年數}만큼 받으면 그게 그렇게 기쁘다. 회사의 규모와 일의 종류에 따라 비자가 거절되기도 하고, 비자 허가의 기준이 어려운 해도 있었으니 말이다.

무난히 2010년을 보내고, 일본에서 첫 새해를 맞이했다. 일본으로 넘어올 때 계획했던 1년이란 시간이 지나 있었다. 취업 비자로 당당히 내 몫을 다하는 해로 마무리할 수 있게 되어 감회가 새로웠다.

2011년, 새해가 밝고 처음 뽑은 1년 운세에는 나올 수 있는 운세 중 가장 길하다는 다이키치^{大吉}가 나왔다. 일본에서 보낸 1년. 혼자 긴 여행을 시작했고, 마음 터놓고 지낼 사람들도 만났으며 직장을 얻었다. 그렇게 시작한 긴 여행의 초반전, 좋은 일이 일어날 것만 같은 예감은 계속될 것만 같았다. 적어도 그해 봄, 대지진이 일어나기 전까지는 말이다.

위기는 곧 기회

2011년 3월 11일 잔잔했던 금요일 오후, 도쿄의 땅이 흔들렸다.

　동일본 대지진. 그날의 기억은 10년이 된 지금도 뇌리에 남아 있다. 첫 직장을 잡고 안정된 생활을 이어가고 있었다. 봄을 기다리던 나도 도쿄 전체의 흔들림으로 타격을 받았다. 그러니까 인생 계획이 흔들릴 만큼 큰 사건이었다.

　한밤중에 알람이 울렸다.

　지진 발생 경보 알람이었다. 자다가도 침대가 흔들리는 일은 일본 생활 1년 만에 익숙해졌다. 일본 열도가 지진이 빈번한 섬나라라는 걸, 몰랐던 것도 아니지만 그와 더불어 지진 대비 태세는 물론이고 내진 설계가 세계 어느 곳보다 잘 되어 있다는 점도 익히 알고 있었던 덕에 이 정도 즈음이야 하고 가볍게 넘기는 구석이 있었다.

　일본에서 지진을 처음 경험한 날, 나는 지진 알림 애플리케이션을 휴대폰에 깔았다. 도쿄는 물론, 일본 전역에서 발생하는 지진에 대한 소식을 실시간으로 받는 앱이었다. 지진이 발생하는 날이면 발생 진도와 여진에 대한 정보를 즉각 업데이트해주어, 막연한 두려움을 대비 가능한 태세로 전환할 수 있도록 도와주었다. 그렇게 도쿄에서 지내는 동안 자잘한 진도의 지진은 내게, 가끔 전철이 늦게 도착하는 정도의 일상의 불편함 정도로 느껴졌다. 헤이세이 23년, 그러니까 2011년 진짜 지진을 만나기 전까지는 그랬다.

오후 2시.

여느 때와 다름없이 오후 근무에 한창이었다. 본사와 연락을 취하는 동시에 담당하고 있는 도쿄 호텔로 연락을 걸며 주말 전 해야 할 예약 건을 마무리 중이었다. 내일이면 금요일이고, 완연한 봄은 아니지만 친구들과 도쿄 나들이 계획도 미리 세웠다. 그리고 일주일을 잘 마무리한 기념으로, 네 시간 뒤 칼퇴를 하고 동료들과 한잔할 예정이었다.

오후 2시 45분.

조금 전 걸려온 전화에 응대하던 때였다. 갑자기 모니터가 흔들리기 시작하더니 그 흔들림은 책상 전체를 흔들어놓기 시작했다. 사무실에서 작은 비명이 터져 나오며 모두 하던 일을 멈추고 서로를 바라보았다. 수화기 너머 들리는 긴박한 소리 역시 우리와 다를 게 없었다.

지진은 5분이 지나도 멈출 생각을 하지 않았다. 아니, 진도의 강도가 점점 세지더니 책상을 거세게 흔들었다. 여태껏 겪은 지진들은 크든 작든 5분 이내에서 멈추곤 했다. 아무런 피해가 없는 채로 말이다. 그러나 이번엔 달랐다. 일단 대피해야 하는지 멈추길 기다려야 하는지도 모른 채 서로 얼굴만 멀뚱멀뚱 쳐다보던 우리는 책상 밑으로 몸을 숨겨 5분 이상 이어지는 지진이 멈추길 기다렸다. 그러나 책상 위의 물건들이 하나둘 바닥에 떨어질 정도로 진도가 점점 강해지기 시작했다. 그 순간부터 설마 큰 지진이겠어 하면서 늘 있던 해프닝 정도로 웃어넘기려던 태도는 싹 사라지고 공포가 슬며시 밀려왔다.

"잠깐, 이거 진짜야?"

건물 밖으로 나오자 근처 회사원들이 1층에 모여 웅성웅성하며 너 나 할 것 없이 똑같은 얼굴로 한 차례 놀란 가슴을 쓸어내리고 있었다. 지진을 알리는 알람이 여기저기서 울리고 전화와 메시지를 돌리며 모두 가족과 지인의 상태를 묻는다고 경황이 없었다.

서둘러 탈출하느라 실내화 바람으로 나온 사람들, 그 와중에 철두철미하게 비상용 안전모과 식량 가방을 다 들고 나온 사람들. 우리 모두 건물이 없는 공원에 모여 모든 일이 진짜가 아니길 바라는 마음으로 때를 기다렸다.

오후 3시.

뉴스에서 공식적으로 지진 특보를 다루기 시작했다.

인터넷은 물론이고 연이어 지진 속보가 나오면서 동일본 도시별 상황들이 보도되었다. 그때부터 카톡과 라인 및 일본

통신사 시스템은 이례 없는 접속 과다로 막히기 시작했고 급기야 몇 시간 동안 연결이 되지 않아 한국에 있는 가족들에게 실기간으로 소식을 전할 길이 막혀 버렸다.

그 시각 지하철은 물론 지상을 달리는 전철까지 모두 일시 중단되었고 우리의 업무도 일시 종료되었다. 그러나 여진의 위험이 있는 상태라 공원에 대피한 시민들은 다시 건물로 복귀할 수 없는 상황에 발만 동동 굴릴 뿐이었다. 지갑을 들고 나온 시민들은 앞다퉈 물이나 열량이 높은 비상식량을 구입하기도 했고 각 회사마다 이후의 지침에 대해 공원에서 작은 회의를 열기도 했다.

오후 5시.

여진이 조금 사라진 시각 우리 회사 사람들은 다시 건물로 복귀해 짐을 챙겨 나왔다. 그리고 주말에 더 있을 여진과 상황을 지켜보기로 하고 비상 연락망이 적힌 종이를 주고받았다. 혹시 발생할지 모를 사건을 위한 작은 종이 하나였지만 뭔가 영화를 보는 듯, 꿈을 꾸는 듯 아직도 이 상황이 잘 받아들여지지 않았다.

다시 거리로 나와 주위를 둘러보니 전철이 재개한다고 하는 방향 쪽으로 모두가 서둘러 걸어가고 있었다. 무사 귀가를 꿈꾸며, 그러나 혹시 모를 상황에 대비해 안전모와 비상 가방을 챙긴 채. 가족이 있는 동료들은 그 무리에 합류해 귀가 방향을 잡았고 지하철역에 도착하더라도 그 인파에 떠밀려 고생하느니 몇 시간이고 걸어가는 게 나을 거라며 뚜벅이를 자처한 동료들은 각자의 집 방향으로 흩어졌다.

기다리는 가족이 있는 것도, 걸어갈 만한 거리에 집이 있는 것도 아닌 나와 몇몇의 동료들은 일단 놀란 마음을 추스르고, 함께하는 마지막 만찬이 되지 않기를 바라며 저녁을 먹었다. 그리고 함께 이자카야에서 밤을 새우기로 했다.

이렇게 헤어져 재회할 때까지 기약 없는 기다림이 되지 않을까 하는 불안감과, 혹시 울지 모를 여진을 집에서 홀로 겪기 싫었던 것이 핑계가 되어 한 잔 두 잔 더 기울이게 했을지 모른다.

공포스럽던 주말이 지나고, 여진은 간헐적으로 찾아왔지만 그럼에도 월요일은 돌아왔다. 우리는 출근을 했고, 사무실 한편에 마련된 큰 모니터로 실시간 보도되는 지진 속보들과 쓰나미 영상들 그리고 원전에 관련된 뉴스가 흘러나오는 가운데 근무를 이어갔다.

그랬다. 금요일 오후의 지진은 생각보다 큰 '재난'이었다.

뉴스는 하루가 멀다 하고 재난 상황을 다뤘지만 무엇보다 지진으로 마음을 다친 쓰나미 피해자들을 위로할 길이 없었다. 그리고 모든 삶의 흔적들을 후쿠시마에 놔두고 도망 나와 돌아가고 싶어도 갈 수 없는 지역민들은 시간이 한참 지난 후까지도 뉴스와 다큐멘터리 등에서 다뤄지곤 했으니 나처럼 가

\\\

족의 품으로 안전하게 돌아갈 곳이 있는 사람들은 그저 그들의 심신이 조금이라도 회복되길 기도할 뿐이었다.

한국을 비롯한 수많은 나라의 주재원들과 유학생들은 일본을 떠났고, 남은 이들도 각자의 방법으로 안전을 기할 방법을 모색했다. 재직 중인 여행사는 업계 특성상 자연재해로 매출에 타격을 받지 않을 수 없었고 무급 휴가를 써야 하는 직원들이 늘어났다.

부모님은 무급 휴가 대신 귀국을 원하셨지만 그러기엔 아직 해보지 못한 것들이 너무 많았다. 나도 무급 휴가를 받아 잠시 한국을 다녀왔고, 고민 끝에 어렵게 부모님을 설득했다. 수많은 한국인들이 빠져나간 공석을 노려 이직을 준비해보겠노라고, 도전에 실패하면 깔끔하게 접고 들어가겠다고 약속드리고 위기를 기회로 삼기로 했다. 언젠가의 이직 시기를 조금 앞당기게 된 거라고 생각하며.

몇 주간의 휴가를 마치고 다시 돌아온 도쿄는 봄이었다. 마치 아무 일 없었던 것처럼 콩집은 고요했으며 익숙하고도 서정적인 동네의 풍경이 나를 반겼다. 한번 정리가 되고 남은 동료들도 각자의 몫으로 회사를 이끌어갔고 모든 것이 다시 제자리로 돌아온 듯했다. 현관에 늘 상비된 안전모와 비상식량이 든 가방을 빼면 말이다.

사요나라

일본은 대기업 못지않은 탄탄한 중소기업이 많고 고령화사회라 늘 구인 광고가 넘쳤다. 취업 시장은 열려 있었지만 그렇다고 해도 처음부터 수월할 리 없었다.

　일본에서의 경험은 고작 1년이 채 안되었기에 결국은 첫 직장을 잡던 때처럼 면접 전쟁을 치러야 했다. 필요하면 퇴근 후 담당 헤드헌터들을 만나 이력서와 직무 경력서를 같이 다듬고 유급을 쓰며 면접을 보러 다녔다. 불안한 마음에 취업에 관련된 박람회, 그리고 신입 사원들을 위한 취업 설명회까지 기웃거렸다. 한국의 일본 지사를 비롯하여 일본 회사 그리고 외국계 회사까지 내 역할을 다할 수 있는 곳, 관심 분야에서 성장할 수 있는 곳이면 신입의 자리든 어디든 마다하지 않고 힘을 쏟아 면접을 치르는 수밖에 없었다.

　그렇게 몇 개월이 흘렀을까. 몇 번의 좌절로 사기가 떨어질 때 즈음 이직에 성공했다. 파견 회사 면접을 오가며 늘 올려다보던 그 신주쿠의 수많은 고층 건물의 한 회사에 당당히 사원증을 찍고 들어가던 날, 짜릿한 희열을 느꼈다. 일본에 본사를 둔 소프트웨어 개발 회사. 한국과 필리핀에 지사를 설립할 예정에 있던 사업 지원 부서의 신입이었고 그 회사의 유일한 한국인이었다. 신입이었지만 곧 퇴사를 앞둔 담당 선배의 업무까지 맡아 마케팅과 입찰 미션까지 주어졌다.

하나씩 배워나가는 업무들은 생각보다 재미있었지만 일본 전국구의 지자체 입찰을 따기 위해 홋카이도에서 규슈까지 출장이 빈번했고 매뉴얼대로 진행해야 하는 깐깐한 일본식 업무 문화, 그리고 어려운 업무용 한자들과 일본어의 늪에서 몇 개월을 고생했다. 진짜 일본으로 들어가서 언어에 담긴 문화와 사고를 익히고 싶어 택한 일본행이었는데 막상 그 순간이 오니 매일 퇴근하는 시간은 귀에서 이명이 들릴 정도로 매일이 훈련의 연속이었다.

4년을 꼬박 충성했다. 한국에 지사를 설립한 덕분에 사장님을 비롯하여 본사 식구들의 한국 출장에 자주 동행했었고, 많은 대기업과 지자체, 교수님들과의 미팅 의전과 통역을 하며 한국 직장 생활을 간접적으로 경험하기도 했다. 분기별로 마케팅을 위한 전시회 기획을 도맡고, 각종 신문과 홈페이지의 홍보도 담당하게 되면서 하는 일의 범위가 늘어났다. 회사 내 직급은 올라갔지만 멀티플레이어가 될수록 미간의 주름도 깊어졌다.

안정기에 들어선 몇 년 차에 흔히들 겪는다는 업무 슬럼프도 왔으며 20대 중후반이면 누구나 그렇듯 30대, 40대 후의 커리어를 생각하면서 업무를 통해 내가 어떤 식으로 성장해나갈 수 있을까, 수없이 고민했다. 주말이면 자기계발 차원에서 눈여겨보았던 자격증 공부와 기술을 배워보기도 했다. 이따금 안정된 생활을 뒤로하고 유학을 떠나볼까, 조건이 더 좋은 직장으로 옮겨볼까 고민했다.

그즈음의 일이었다. 인테리어디자인을 배워보겠다고 신주쿠의 한 디자인 학원에 등록했다. 순전히 인테리어에 관심이 많고 그림 그리기를 좋아한다는 것, 그리고 직장인 환급 코스라 사비 부담이 크게 없다는 게 이유였지만 좋아하고 오랫동안 잘할 수 있는 일을 찾기 위한 과정이었다.

덜컥 단기 마스터 코스에 등록을 했고 주말 포함 주 2회가량 수업을 들었다. 일본은 한국과 다른 3D 시스템을 쓰는 탓에 한국 사이트에는 정보가 많지 않아, 수업에 더 열중해야 했다.

서로의 등을 보고 10명씩 앉은 한 클래스의 우리들은 각자 저마다의 이유로 하나의 목표를 향해 달리고 있었다. 전업주부로 살다 본연의 '나'를 찾고 싶어 하는 분, 다른 분야의 디자이너로 일하다 인테리어 디자이너로 전향을 꿈꾸는 분, 나처럼 더 늦기 전에 꿈을 찾아 도전하는 분들까지. 다양한 이유들로 본인의 미래에 투자하고 있었다. 이 일로 이직에 성공하지 못한다고 하더라도 나를 찾는 충분한 동기부여가 되는 시간들이 될 것 같았다.

6개월 뒤, 포트폴리오를 완성해 학원에서 제공하는 취업 상담을 통해 틈틈이 '인테리어 디자이너' 분야에 지원했다. 겨우 두세 군데 정도 면접을 보게 되는 기회를 얻었으나 인연이 되지 못했다. 내가 원하는 회사는 더 좋은 인재를 원했고, 그렇지 않은 곳은 인력이 부족하니 막노동부터 시킬 심산으로 빨리 들어와주길 원했다. 바닥부터 시작한다는 마음으로 들어가 야근을 밥 먹듯이 하며 몇 개월짜리 프로젝트에 참여해 일을 배우지 않으면 안 되니 많은 고민이 되었다.

　어릴 때부터 손으로 정교한 작업을 하는 걸 좋아했다. 미니어처를 만들거나, 십자수를 놓거나 요리를 하거나 가구 조립마저 좋아하는 걸 보면 손으로 뭔가 만드는 작업을 내가 꽤 즐기나 싶었다. 그 과정 중 하나로 선택한 배움이었으나 막상 이직의 문턱에서 망설였다. 연봉과 근무 환경의 보장을 포기하면서까지 진짜 인테리어 디자이너가 되고 싶은지 고민하기 시작했다. 안정된 생활을 유지하며 옵션으로 배움을 이어나간 게 아닐까.

　단지 지금보다 성취감 있는 일을 해내고 싶었다. 월급날만 보며 다람쥐 쳇바퀴 구르듯 일상을 보내는 게 아니라, 깊은 밤 잠자리에 들며 내일 조금 더 성장할 내가 보이는 일. 밖에서 듣는 말이 호평이든 혹평이든 크게 상관없었다. 피드백을 받고 스스로 어디쯤 와 있는지 살펴보며 나아갈 방향을 잡고 싶었다. 생산적인 일 속에서 펄펄 살아 있음을 느끼고 싶었다.

　그런데 이직을 한답시고 면접을 보는 동안 다시금 느꼈다.

나의 궁극적인 목표는 팀 체제하에 몇 달을 고생한 다음 이루어지는 고객 만족을 대상으로 하는 것이 아니라 무언가 완성으로 나아가는 하나의 '작품'에 있었다. 그리고 그러한 과정에서 발전을 돕는 빠른 피드백을 원한다는 것을. 그게 나라는 사람을 달리게 하는 원동력이 된다는 것을.

아쉽지 않은 후퇴였다. 짧지도 길지도 않은 시간 동안 시간과 비용을 투자하고 얻는 배움과 결론은 내가 어떤 것을 더 고민해야 하고, 덜 고민해야 할지 알게 해주었으니 그걸로 되었다.

다시 원점으로 돌아왔지만, 한동안은 다니던 직장에 집중하기로 했다. 그러던 중에 회사는 영국 파트너사와 합병을 했고, 프랑스인 상사가 일본에 주재원으로 오게 되면서 업무 범위는 넓어지고 강도는 더 세졌다. 내 역할은 합병 팀에서 한국과 필리핀 지사의 인사, 마케팅을 총괄하며 영국 팀인 프랑스인 상사와 일본 팀의 중간에서 정보를 조합하고 정리하며 서포트하는 게 메인이 되었다. 그것도 '봉주르'를 제외하고는 전부 영어로 말이다. 신사적이었던 프랑스 상사는 성향이 진취적이며 당근과 채찍을 적절히 섞어 부하를 조련시킬 줄 아는, 배울 점이 많은 사람이었지만 나는 그가 지시하는 업무 강도를 소화할 수 있는 체력이 되지 않았다. 유럽은 워라밸이 있다던데 그는 어깨가 무거운 탓이었는지 그저 시차 없이 일하는 게 익숙한 탓이었는지 여기가 일본인지 한국인지 유럽인지 모를 만큼 수시로 내 도움을 필요로 했고 그 경계를 커버해줄 수 있는 일본인 상사들도 제 일들로 바빠 혼자 해결해야 하는 일들이 많아지자 점차 버거워지기 시작했다.

하루가 멀다 하고 연이은 잔업은 수당으로 통장 잔고를 불려주었고 보너스로 다크서클과 새치를 얹어주었다. 분명, 버거운 상황이었지만 합병 미션은 1년 이상 지속되지 않을 테고 이 미션을 잘 수행하면 회사 내 유일무이한 존재로 자리 잡을 게 확실했다. 그러나 내 몸과 정신은 내게 보장된 승진과 월급보다 내게 있어 무엇이 더 중요한지 다시금 물어왔다.

Paris

서른, 파리를 만나다

인생을 바꾼 여행길

그때까지도 몰랐다. 내가 프랑스어를 배우고 프랑스에서 살게될 줄은. 아니, 서른에 가진 걸 다 내려놓고 새로운 인생을 걷게 되리라고는.

연이은 잔업과 업무 스트레스로 결국 몸이 이상 신호를 보내기 시작했다. 휴식이 필요했다. 상사와 면담 후 병가를 얻어쉬는 동안 단짝 친구가 제안한 유럽 여행길에 올랐다. 스물아홉, 친구의 결혼을 앞두고 둘이서 다시 꿈 많던 대학생 시절처럼 다른 세상을 보러 가고 싶어졌다. 일본 골든 위크 때 혼자서일주일간 이탈리아를 여행하며 유럽의 매력에 흠뻑 빠졌다. 이번에는 파리에 한번 가보고 싶었다. 이미 파리를 다녀온 적이 있는 친구는 이탈리아를 가보고 싶어 했다. 나는 친구에게이탈리아라면 남부가 좋을 거 같다고 제안했고 내가 베니스를한 번 더 가는 대신 파리에서 함께 일정을 마무리하고 싶다고전했다.

쉬고 있는 내가 모든 코스 짜기와 예약을 담당하기로 했고한국과 일본에서 각자 출발하여 베니스에서 만나는 일주일간의 유럽 일정을 설레는 마음으로 준비했다.

당시 병가를 내기 전, 마음 치유 목적으로 도쿄의 한 플라워 숍에서 주말간 꽃을 배우고 있었고 꽃에 한참 빠져 있던 터라, 이탈리아 남부를 여행한 후 파리로 넘어가 프렌치 꽃집을 탐방할 계획도 알뜰하게 넣었다. 일본에서 취미반으로 시작해 디플롬 코스로 전향하여 심도 있게 배우던 꽃이 한 번의 여행으로 인생을 바꿀 거라곤 생각지도 못한 채 말이다.

그렇게 스물아홉, 일주일간 유럽에서 20대의 우리를 돌아보기도 하고, 다가올 30대를 그려보기도 했다. 20대 초중반은 그저 함께여서, 그리고 뭐든 될 수 있는 나이여서 좋았다. 그리고는 세상과 싸우며 '나'를 지켜내느라 고군분투하는 사이 20대 후반이 되었다. 우리가 언제 이렇게 나이를 먹었나 쓴웃음을 짓다가도 앞자리가 바뀐다는 게 설레기도 하고 두렵기도 했던 것 같다.

계속 일본에서 살게 될까, 앞으로 어떤 삶을 살게 될까. 좋은 파트너를 만나 가정을 꾸리는 친구의 행복함을 지켜보며 나의 30대는 어떠할까, 그땐 지금보다 더 어른이 되어 있겠지 생각했다. 그러길 바랐다.

서로를 너무 잘 알기에 여행의 매 순간들이 편하고 소중했다. 그때 찍은 사진들 속 우리는 가장 우리다운, 행복한 미소를 짓고 있었다.

\\\

일주일간의 여행이 끝난 뒤, 친구는 먼저 한국으로 귀국했다. 그리고 나는 예정대로 일본으로 돌아가기 전 혼자 파리에 남아 잠시 온전히 나에게 집중할 시간을 가졌다. 그리고 귀국일, 인천 공항을 경유해 일본 나리타로 돌아가는 비행기를 기다리는데 자꾸 울컥했다. 미세한 두근거림은 이대로 일본의 일상으로 돌아가면 후회할 거라 말하는 것 같았고 무언가 그곳 파리에 나의 일부를 두고 온 양, 하염없이 그리웠다.

영화 〈먹고 기도하고 사랑하라〉의 주인공처럼, 알 수 없는 기운이 나를 그곳으로 다시 이끄는 듯했다.

일본으로 귀국해 퇴사를 결심했다. 그 후의 일은 일사천리로 진행되었다. 프랑스인 상사는 내가 파리로 유학을 간다는 사실에 굉장히 놀라면서도 이왕에 갈 거라면 꽃 대신 마케팅을 더 공부해보라고 권유해주었지만 내 결심은 흔들리지 않았다. 이야기를 전해 들은 일본인 꽃 선생님은 파리에서 플라워 단기 유학 경험이 있는 제자를 소개해주셨고 그이의 추천으로 단기 인턴을 할 수 있는 파리의 한 플라워 숍에 지원하게 되었다.

도쿄 아자부주반麻布十番에 위치한 프랑스 대사관에서 재외국인 신분으로 프랑스로 입국할 어학 비자를 받았고, 인터넷을 뒤져 조건이 괜찮은 기숙사에 지원했다. 그렇게, 단 6개월만 살아보자고 하고 3개월 만에 유학길에 올랐다. 다시 돌아오겠노라고 집과 비자는 그대로 둔 채.

"行ってきます。(다녀올게요.)"

"いってらっしゃい。(잘 다녀오세요.)"

일본에서는 설령 먼 길을 떠난다 할지라도, '안녕히 가세요'보다는 '다녀오세요'로 마음을 전한다. 다시 돌아오길, 그리고 언젠가 다시 이곳에서 재회하길 바라는 염원을 담아. 잠시만 안녕.

친한 지인들과 거창하지도 섭섭하지도 않은 인사들을 나눴다. 떠나는 마지막 날 밤은 거의 잠을 이루지 못했다. 응원을 받으며 설레기도 했지만 수많은 걱정들이 밀려와서일까, 몇 시간 겨우 눈을 붙이고 공항으로 떠났다. "잘 다녀오겠습니다"는 말을 끝으로.

다시 파리에서

2015년 1월, 파리 여행을 끝내고 다시 일본으로 귀국한 지 3개월 만에 유학생 신분으로 다시 파리 땅을 밟았다. 파리 샤를 드골 공항은 지난달에 터진 테러의 여파인지 공항 안팎으로 경찰들이 깔려 있었다. 어둑한 하늘. 창밖으로 쌀쌀한 공기가 어슬렁거렸다. 손님을 잡으려는 택시 기사들이 툭툭 던지는 투박한 프랑스어와 함께 입국장을 빠져나오자마자 눈앞의 모든 게 낯설게 느껴졌다. 석 달 전과 다른 서늘한 기운이 감돌았다.

긴 비행의 피로감이 남아 있었다는 핑계와 함께 이미 어둑해진 밤이라 큰마음 먹고 공항에서 택시를 잡아탔다. 60킬로그램이나 되는 큰 가방 두 개를 들고 쭈뼛쭈뼛 서 있는 나를 보고 택시 기사들이 몰려들었다. 낯선 이들을 따라 낯선 곳으로 가야 하는 순간이 오자 갑자기 혼자가 된 기분에 살짝 무서워졌다.

밖으로 나가, 직접 택시 기사를 찾기로 했다. 믿음직스러운 인상의 기사님들을 위주로 정차되어 있는 택시들 중 하나에 올라타 나도 잘 모르는 그곳의 주소지를 건넸다.

소매치기와 사기꾼을 조심하라는 충고를 귀에 못이 박히도록 들어서인지 택시를 타고 가면서도 긴장을 늦출 수 없었다. 과민하리만큼 경계심이 커진 나머지 소지품이 든 가방을 가슴에 꼭 품었다. 그러나 한편으로는 정착할 나의 보금자리에 곧 도착한다는 생각에 긴장이 풀렸던 것인지 참기 어려운 잠이 밀려왔다. 자다 깨다를 몇 번이나 반복하다 결국 스르르 잠이 들었다. 한 시간가량 달렸을까, 택시가 멈췄다. 친절히 가방을 내려주고 행운을 빌어준 택시 기사를 보내고 나니, 한껏 굳어 있던 몸이 풀어졌다.

주소 한 장으로 택시와 함께 찾아온 숙소는 생각보다 깨끗했고 꽤 넓어서 마음에 들었다. 낯선 곳에서 홀로 된 기분은 일본에 정착한 날 이후 오랜만이었지만 나쁘지 않았다.

\\\

살다 보면 가야 하는 순간이 온다

프랑스에 관심이라곤 없던 그 시절에 읽었던 손미나 작가의 《파리에선 그대가 꽃이다》 속 문장은 심심하게 다가왔다. '마치 주문 같은걸, 내게도 살다가 그런 날이 있을까?' 그 후 1년이 채 안 된 어느 날, 생각 없이 읊조린 주문이 먹혔던 걸까. 나는 은연중에 지인들에게 똑같은 소리를 하고 있었다. 그 문장을 잊고 사는 동안 우연한 기회로 파리에 닿았고, 일본으로 귀국한 날부터 가슴이 뛰었다. 그리고 아뿔싸, 생각했다.

'이게 말이 되냐고? 파리로 가야 하는 순간이 진짜 오다니!'

그렇게 다시 돌아온 1월의 파리는 여행을 했던 10월의 하늘과 다르게 어둑했지만 그저 나에겐 모든 것이 새로운 두근거림이었다.

우리가 누군가를 만나 상대에 대해 더 알고 싶어 사랑을 시작하고, 미처 몰랐던 이면을 보고 서로 맞춰가는 과정을 밟듯, 그때는 미처 깨닫지 못했던 '애증'의 파리와 사랑을 시작했다.

동네마다 일주일에 한두 번 장이 선다는 아날로그적인 감성이 좋았다. 각종 신선한 야채며, 생선이며 이들의 식탁에 빠질 수 없는 치즈 그리고 각종 생필품, 자그마한 다발의 꽃들을 파는 작은 상점들이 즐비해 있고 그 사이사이로 장바구니를 든 파리지앵들의 발길이 분주했다.

마르셰Marché. 큰 규모는 아니지만 마을마다 하나씩 있는 프랑스다운 생기가 도는 곳. 시장이다. 좁은 통로를 지나다 부딪히거나 그 사이를 비집고 먼저 가려는 사람들 사이로 "Pardon(미안해요)"이 섞여 들려왔다. 파리에 도착하고 처음 나들이한 곳이었다. 생기 넘치는 풍경들 사이로 생활 프랑스어가 여기저기서 들려오고, 프랑스인들은 뭘 먹고 사는지 한눈에 알 수 있는 곳.
아, 내가 프랑스에 왔구나.
사람 사는 곳은 어디든 비슷할 테지만 해외 여행을 가면 항상 대형 마트를 들러 그 나라 사람들이 자주 먹는 재료들과 제품들과 가격들을 둘러보곤 한다. 짧은 시간 안에 그 나라의 식문화를 시작으로 문화를 엿보곤 했었기에 내겐 이날의 기억이 아직도 생생하다.

상점 한 곳 한 곳을 구경하며 일본에서 유학 준비를 하며 몇 달간 배워온 짧은 프랑스어로 필요한 몇 가지 재료를 구입했다. 당장 먹을 야채와 과일 및 식재료. 그리고 호기심 반으로 산 꽁테Comté 치즈는 덤으로. 그리고 아직 사람 사는 냄새가 안 나는 텅 빈 내 방에 둘 꽃 한 다발도 샀다.

\\\

차가운 겨울 공기에도 내 마음은 왠지 모를 설렘으로 가득 찼다. 10년 전, 낯선 땅에서 하나하나씩 내 발자국을 찍어왔던 그 설렘이 다시 시작되는 순간이었다. 서른에 다시금 새로운 시작을 한다는 건 쉬운 결정이 아니었지만, 끝내 잘한 결정이 길 바라는 염원도 그 속에 담겨 있었다.

나 결혼 말고 유학할래

꽃을 공부하겠다며 일본 생활을 접는다고 했을 때 부모님의 반응은 예상 밖의 따뜻한 격려였다. 일본으로 떠날 때 반대를 많이 하셨던 터라, 그러한 반응에 적잖이 당황했지만 마음 깊이 감사했다. 생활의 안정을 찾아도 모자랄 나이에, 5년 전처럼 멀쩡한 직장을 나와 또다시 학생이 된다는데 걱정이 안 될 리 만무하지만 새로운 꿈을 꾸기 시작한 사실, 그리고 무언가 다시 채워 넣을 도전을 앞둔 딸이 내심 기특하셨던 모양이다.

나 역시 3개월 만에 무슨 대단한 포부라도 가진 양 유학 준비를 마쳤으나 실상 원하는 걸 얻기 위해 포기해야 할 것들이 많았다. 여행자와 다른 거주자 신분으로서 감내해야 할 어려움들을 이미 경험한지라 무의식 중에 겁이 났는지 몸이 먼저 반응을 보였다.

떠나기 일주일 전부터 먹는 것마다 체하기 시작했다. 지인들이 마련해준 송별회에선 배불리 먹고 마시는 대신 울렁이는 속만 넣었다 감췄다 했다.

'정말로 떠나는구나'라고 생각한 순간부터는 여러모로 무거우면서도 울적한 기분을 지울 수 없었다. 두고 가야 할 것들이 내 발목을 잡는 것만 같았다. 그럼에도 불구하고 떠나야 했다. 지금이 아니면 후회할 것 같다는 생각이 그 어느 때보다 강하게 나를 뒤흔들었다.

학생이 되다

매일 아침 어학원을 가는 일과로 유학생의 하루가 시작되었다. 이미 웬만큼 굳어버린 머리에 생각지도 못했던 프랑스어를 주입한다는 건 쉽지 않았다. 이미 오랜 기간 일본식으로 사고하는 게 익숙해져 있었다. 머리와 몸뚱이를 정반대의 문법과 발음으로 다시 바꾸는 작업은 말랑한 뇌를 가진 20대 초반의 친구들과 처절하게 비교되었다.

남에게 피해를 주지 않는 일본 문화, 그리고 겸손을 미덕으로 아는 한국 문화 속에서 성장해왔기에 '나'라는 사람이 주체가 되어 싫고 좋음을 분명히 전달하고 나의 의견을 즉각 어필하는 것부터 다시 배워야 했다. 그래도 그 새로움을 알아가는 시간들이 좋았다. 도전하는 시간들이 즐거웠다.

회사 생활을 하면서도 시간을 쪼개어 늘 끊임없이 배우고 움직이길 좋아했다. 하지만 그건 멈추어 있으면 도태될 것 같은 불안감, 늘 오늘보다 더 나은 사람이 되고 싶어 했던 억지스러운 습관에서 나온 행위였으리라.

파리에서의 배움은 그게 곧 내가 되는 행위였다. 작게는 아무리 연습해도 쉽지 않던 R[ER] 발음이 자연스럽게 문장 안에 녹아들어가는 것에서부터, 크게는 인턴을 시작한 플라워 숍에서 내가 머물 자리를 찾아가는 과정들의 성취감은 험난했지만 역으로 살아 있음을 느꼈다.

어쩌면 나는, 나를 깨우는 자극이 필요했을지도 모른다. 도전을 좋아했지만 안정된 생활 속에서 할 수 있는 것들만 늘 추구해왔고 그 테두리 안에서 이루어지는 경쟁을 반복하며 성장하는, 누구나가 그리는 건강한 20대를 보내려 했다. 그리고 1년, 5년, 그리고 10년 단위로 인생을 그려가는 것을—지금 생각해보면 지극히 한국적이고 피곤한 일이었지만—좋아했다. 그래야 열심히 살고 있는 거라고 생각했다.

그런데 그 매년의 계획이라는 것을 세우다가 불현듯 깨달았다. 반복되는 리스트는 계속해서 매년 상위권에 머무르고 난 여전히 그 리스트를 향해 달려가고 있었다. 그런데 그게 과연 계획대로 이루어질까, 그리고 그건 언제쯤이 될까, 언제가 될지도 모르면서 무얼 그리 쫓고 있는 걸까 하는 생각이 들었다.

결혼과 육아, 내 집 마련, 워킹 맘으로 성공하기 같은 리스트는 여자 나이 서른에 누구나 한 번쯤 생각해볼 만했다. 비혼주의자는 아니었으니 그 언젠가는 이루고 싶고 이루어갈 일들이었지만 문득, '이게 내 계획만으로 되는 건 맞을까?'라는 생각이 함께 스쳤다.

모든 건 때가 있기 마련인데, 매년 이루지 못했던 리스트를 써 내려가며 그 '언젠가'가 올 타이밍에 스스로를 옭아매고 있는 것은 아닐까. 어쩌면 '나'에 집중하기보다 '내가 해야 할 일'에 더 집중하고 있는 건 아니었을까 하고.

도쿄에서처럼 회사에서 먹을 점심 도시락을 싸는 일은 없어졌지만 파리에서 나의 주방은 여전히 매주 새로 들여온 재료들로 쉴 새 없이 돌아갔다. 일주일에 한 번 대형 마트에 들리는 날이면 한 시간 이상을 머물러 있기 일쑤였다. 보안 요원에게 가방 검사를 받고 들어간 마트 입구에서 커다란 카트를 집어 들고는 당장에 필요하지도 않은 가전 코너를 시작으로 도서 코너, 정원 관리 코너를 구경하고 나서야 식품 코너로 겨우 진입했다.

또 휴대폰을 꺼내 들고 이 고기는 어느 부위며 어떻게 요리해 먹으면 맛있는지, 이 와인은 어느 지방에서 만들어져 어떤 음식이랑 궁합이 맞는지 찾아보곤 했다. 대체 이렇게 많은 치즈들은 어떻게 구분하라는 건가 하며 고개를 갸우뚱하기도 하고 정체불명의 제품과 재료를 발견하면 사전으로 뜻을 찾아가며 혼자 고개를 끄덕이기도 했다.

이방인의 삶은 외롭고 아프기 시작하면서 무너진다는 것을 진작에 경험했던 터라, 파리에서도 도쿄에서부터 이어오던 내 방식의 룰을 적용했다. 가장 심플하지만 가장 중요한 잘 먹

\\\

고 잘 뛰고 잘 일하고 잘 쉬기. 그리고 요리를 하면서 잡념과 스트레스를 날렸다.

기분이 좋건 꿀꿀하건 가까운 근린공원을 찾아 뛰었다. 때로는 그냥 마음에 드는 동네까지 전철을 타고 가서 뛰기도 했다. 새로운 사람들을 많이 만났다. 에너지가 부족한 날엔 종일 집에서 혼자만의 시간을 보냈다. 아무 말 하지 않고 듣고 보고 쓰면서 지친 나를 스스로 위로해줬다.

뒤늦게 시작한 서른의 유학은 '나를 잘 아는 유학'이었다.

여전히 나를 찾고 있었지만 그래도 20대의 나보다 나를 더 잘 알았다. 내가 무엇을 좋아하는지, 어떤 사람인지 그리고 누구와 어디에서 무엇을 할 때 행복한지. 어떤 것을 물고 늘어져야 하며 어디까지 인내할 수 있고 어떤 것을 빨리 포기해야 하는지.

몸이나 마음이 아플 것 같다는 신호를 보내기 전에 먼저 알아차리는 요령을 가지게 되었다. 조금 더 나를 잘 돌볼 수 있게 된 그간의 경험치로 흡수해야 할 것과 버려야 할 것들을 내 나름의 방식대로 풀어나가고 있었다.

유학 중인 동생들에게는 심심한 위로라도 건네는 경험 있는 언니, 누나여서 내 나이가 나쁘지 않았다. 그리고 이미 많은 도전과 실패로부터 터득한 지혜가 있는 나이라서 좋았다. 무엇보다 나이에 관계없이 친구로 동료로 '어떤 생각을 갖고 사는 사람'인지에 집중해주는 곳이어서 좋았다.

　험난할지언정, 파리에서 나의 30대 언저리를 만들어갈 수 있음에 감사했다. 당시에는 모른다. 내가 늦었다고 생각한 시간들조차 훗날 찬란히 빛난다는 것을. 언제나 정신없이 지나온 후에야 안다. 쌓이고 쌓인 시간 속에서 온전한 '내'가 되는 과정. 서른의 유학은 내게 그런 의미였다.

처음 봤죠, 꽃 하는 사람

"파리가 꽃이 유명한가 봐요?"

어학연수 시절, 처음 만나는 유학생들의 자기소개에 빠질 수 없던 질문 중 하나는 무엇을 공부하기 위해 프랑스로 오게 되었냐는 거다.

프랑스라는 나라는 철저하게 자국의 언어, 프랑스어를 쓰는 나라다. 어릴 때부터 기초 정도는 다져온 영어와 다르게 알파벳과 발음, 문법을 시간을 투자해 배워야 하는 언어를 쓰는 나라임에도 불구하고 우리들의 '어떻게 프랑스까지 왔냐'는 궁금증은 '왜', '무엇을 공부하기 위해'라는 질문이기도 했다.

프랑스 하면 떠오르는 건 최첨단 기술이나 경영보다는 예술과 음악 혹은 정치, 건축, 패션, 헤어 메이크업, 요리 등이 주를 이룬다. 이를 공부하려 유학을 선택한 친구들이 있는가 하면 외국에서 만난 프랑스 남자 친구와의 결혼을 위해 온 친구도 있었고, 서른이 되기 전에 워킹 비자로 한번 살아보고 싶었다는 친구들도 간혹 있었다. 그리고 비자가 따로 필요 없었던 유럽권 아이들 중에는 몇 개월씩 시간이 날 때마다 프랑스어를 배우기 위해 다녀가는 이들도 있었다.

그중 플로리스트가 되기 위해 온 사람은 그 당시 우리 어학원 내에서는 내가 유일했고, 직업이 생소했던 친구들은 '왜'라는 질문을 그래서 많이 했던 것 같다. 그래서 '왜 하필 파리였느냐'라는 질문에 대답을 하는 것과 동시에 스스로 그 답을 찾아나가고 있었다. 가장 많이 듣던 말은 그랬다.

"파리에서 꽃을 배우겠다는 사람은 본 적이 없어요. 처음이에요."

"정은 씨가 파리에서 만난 저의 첫 플로리스트예요."

그리고 실상이야 어떻든 '파리의 플로리스트라니 낭만적이다'는 말과 감탄사는 덤이었다. 파리가 주는 낭만성에 꽃이라는 매개체가 더해져 우리의 대화 속에 자리 잡은 '파리의 플로리스트'는 더할 나위 없이 우아한 표현이 되었다.

일본에서 꽃을 배웠고 우연한 기회에 파리에 오게 되었는데, 그즈음 한국에서도 프렌치 플라워가 유행하기 시작했다. 당시 내가 알고 있던 파리 플라워 유학은 그저 파리의 유명한 플로리스트가 운영하는 아카데미에서 최소 일주일에서 길게는 한두 달 연수 코스를 듣는 게 다였다.

플라워 스쿨을 통한 단기 유학은 영어로 진행되기 때문에 프랑스어를 배우지 않아도 된다는 장점이 있었다. 각 코스에 맞는 디플롬(수료증)이 나오고 단기 유학 후 플로리스트로 활동하다가 숍을 오픈하더라도 어색함이 없을 것 같은 커리큘럼으로 진행되고 있었다.

본격 유학을 시작하기 전 파리 여행을 왔을 때, 커리큘럼을 받아보기 위해 한국에 잘 알려진 플로리스트의 숍을 방문했다. 두근거리는 마음으로 방문한 숍은 생각보다 아담했고 수업 이외의 숍 운영은 하지 않는다는 게 의외였지만 그럴수록 지하에 위치한 저 공간에서 펼쳐질 수업 내용이 궁금했다.

수업 스케줄은 연 단위로 이미 짜여 있었고 듣고 싶은 수업 내용에 따른 공석을 확인하고 수업료를 납부하면 그걸로 수강과 동시에 짧지만 강렬하고도 낭만적인 파리 라이프를 즐길 수 있는 셈이었다. 파리지엔처럼 살아보기 프로젝트도 가능했다. 인생에서 빛나는 영화 같은 한 신을 꽃과 함께 깔끔하게 마무리하고 귀국하는 완벽한 시나리오였다.

파리의 여러 플로리스트들를 통해 디플롬 코스를 밟은 후 숍을 차려도 이상할 게 없는 나이였지만, 내겐 기초가 필요했다. 세월이 흘러도 무너지지 않고 나를 꽤 괜찮은 플로리스트로 지탱해줄 기본. 어느 한 분야의 전문가가 되기 위해 최소 1만 시간을 투자해야 한다고 하면 최소 3분의 1 정도는 기초에 투자해도 괜찮다고 생각했다. 사람도 일도, 뭐든 기초가 튼튼해야 시간이 지나고 다양한 변화 속에서도 그 심지가 흔들리지 않는 법이니까.

그리고, 프랑스.

이 나라는 우리나라보다 꽃 문화에 관한 한 역사가 깊다고 생각했던 일본보다도 유서 깊은 곳이 아니었던가.

프랑스 왕실에서는 항상 정원 가꾸기에 큰 비용과 시간을 투자해왔고 그 시대에 맞는 꽃과 화병을 다른 예술과 같이 하나의 문화로 정의하기도 하고, 유명 화가들이 그 풍경들을 스케치로 그려냈듯 꽃과 정원은 예나 지금이나 하나의 문화로 자리 잡고 있다.

프랑스 사람들은 플로리스트만큼이나 화단과 정원 가꾸기를 좋아하고, 계절 꽃과 화분 그리고 분갈이에 대한 지식이 넘쳐난다. 그런 나라에서 기초를 다진다는 것은 그만큼 내가 단단해질 기회를 얻는다는 것과 다름없었다. 모든 꽃은 땅에 내린 뿌리를 타고 다시 지상으로 올라온 줄기에서 수확된다. 꽃과 식물 그리고 뿌리와 흙의 관계를 소상하게 아는 것이야말로 플로리스트의 기본 소양이라고 생각했다.

어쩌면 꽃말을 잘 알고 부케만 예쁘게 만들어내는 플로리스트가 아닌, 꽃을 사랑하는 이들에게 어떻게 사랑을 전달하면 되는지 궁금했던 것 같다. 꽃으로 얻을 수 있는 행복의 가치를 전해줄 수 있는 플로리스트가 되고자 하는 마음이 이미 내 안에서 간절했는지도 모르겠다.

'괜찮아, 잘하고 있어.'

그러나 기본이 되는 길마저 어떤 때는 참 멀어 보였다. 플라워 아카데미를 뒤로하고 전문 플라워 학교에 입학해 플로리스트가 될 레이스를 시작하기 전, 걸음마 떼듯 프랑스어를 배워야 했고 동시에 좋은 기회로 얻어낸 플라워 숍의 인턴을 잘 해내고 싶어 어학과 일을 병행했다. 매일 아침 어학원을, 그리고 프랑스어 수업이 끝난 뒤에는 짧지만 달콤한 휴식 겸 점심 시간을 보내고 곧장 숍으로 달려가 매일 7시간씩 주 35시간을 꽃과 함께 일하며 마감했다.

떠듬거리는 프랑스어로 고객을 응대하는 중에 칭찬이라도 받게 되면 고생한 시간들이 내심 뿌듯하기도 했다. 그러다 꽃도 프랑스어도 어느 것 하나 생각대로 이끌어가지 못한 채 고객의 요구에 끌려다니다 결국 다른 직원에게 도움을 요청할 때는 한없이 작아지는 내가 보였다. 그 또한 성장 과정 중의 하나임을 인지하고 있었지만, 하루가 유달리 길고 고단했던 날이면 컴컴한 빈집에 앉아 애꿎은 일기만 끄적였다.

'그래도 파리에서 살아본 게 어디야. 비록 인턴이지만 파리에서 플로리스트로 일을 해본 게 어디야.'

힘들면 참지 않아도 된다며, 돌아갈 곳이 있다고 괜찮다고 스스로를 다독였다.

당시 주위에는 함께 유학에 관한 의견을 나누거나 정보를 주고받으며 서로 격려해줄 예비 플로리스트 한국인 친구가 없었기에 더 막막했을지도 모른다. 다행히 시간이 지나면서 같은 길을 걷는 일본인 플로리스트 지인들이 생겨나면서 파리에는 상당히 많은 일본 출신 플로리스트들이 활동하고 있다는

사실을 알게 되었다. 우리나라보다 반세기 앞선 일본의 꽃 업계에선 이미 프렌치 플라워 열풍이 불었고 그 여파로 많은 일본인 플로리스트들이 파리로 몰려오게 되었다.

십여 년 넘게 일본과 프랑스를 왕래하며 플라워 에이전시로 활동하고 있는 잔뼈 굵은 플로리스트들, 프리랜서로 노동 비자로 그리고 학생비자로 예술 비자로 그렇게 많은 일본인들이 파리에서 꽃과 함께하고 있었다.

파리는 꽃으로 유명한 도시이고 프렌치 플라워는 내게 아시아인의 감성으로 또 다른 색을 입혀낼 배울 만한 가치가 있는 일이구나 하고 때론 다시 일어설 계기를 그들에게서 얻기도 했다. 플로리스트라는 이 세계에도 많은 길과 가능성이 있다는 사실을 알아감과 동시에 귀중한 인맥들을 통해 한국에 잘 알려지지 않은 정보들을 두 발로 뛰어가며 얻을 수 있었다. 그렇게, 파리에서 유일한 한국인 플로리스트로 성장해가고 있었다.

봉주르 마담?

파리에 온 지 두 달이 되어가던 때, 생각보다 인턴 자리를 빨리 구했다. 생산 활동이 끊긴 지 오래되지 않았지만 단돈 몇백 유로라도 용돈벌이를 하면 좋겠다 싶기도 했고, 어학원 수업이 끝난 오후에 도서관으로 달려가긴 했지만 그러기에는 날씨가 너무 좋았던 관계로 수험생처럼 공부를 할 것 같진 않았다.

일본에서부터 메일을 통해서 인턴 자리를 확인하고 온 플라워 숍. 오자마자 인사드리러 간 그곳은 이미 여러 명의 인턴으로 자리가 없었고, 언제 자리가 날지 모르는 상황이었다. 간절한 눈빛이 통했는지 대기자 1순위로 해주겠다는 약속을 받고 연락을 기다리기로 했다. 사실 간절함으로 치자면 누구 못지않았지만 냉정하게 볼 때 내 조건은 몇백 유로를 줘가며 고용한들 숍에 아주 득이 될 인재는 아니었다.

프랑스어를 시작한 지 고작 몇 개월, 꽃 경험은 일본에서 받아온 디플롬 한 장, 원예학 용어 지식 제로. 프랑스인들을 상대로 한 아르바이트 경험 무. 누가 봐도 불리한 상황이었기에 사람 좋은 얼굴로 첫인사하러 간 날 할 수 있는 어필은 죄다

하고 왔다. 결국 플라워 숍도 사람 장사의 일부 아닌가. 오너들은 말 몇 마디 나눠보면 '이 사람 장사 좀 하겠다 vs 못하겠다'의 대략적인 사이즈가 나온다는 걸 오랜 아르바이트와 직장생활로 경험한바 그 점을 가장 어필했다.

언어는 배우면 늘고, 부케도 만들다 보면 손에 익을 테고, 원예학도 자주 쓰는 용어들을 달달 외우면 되는 거라고 치자. 그러나 장사 잘하는 '눈치'는 어느 정도 시간이 걸리는 기술이니 '어떻게든, 받는 월급의 배로 벌어줄게'의 에너지를 온몸으로 뿜어냈다. 그리고 얼마 안 있어, 공석이 생겼으니 출근해도 좋다는 연락을 받게 되었다.

와, 내가 파리에서 일을 시작하다니! 그것도 그렇게 바라던 파리의 플로리스트로 말이다. 아직 플로리스트라는 명함을 내밀기엔 턱없는 실력이었지만, 시작이 반이라고 이미 내 이름을 건 숍을 낸 것처럼 기쁜 날이었다.

몽파르나스를 지나는 6호선의 에드가르 키네Edgar quinet 역 앞에 위치한 아담한 규모의 숍. 고풍스러운 가구와 소품들 사이로 사장님의 취향과 플로리스트 역사가 고스란히 묻어나는 곳. 이곳에서 처음 꽃일을 시작한 건, 탁월한 선택이었다.

조지 프랑수아Georges François 플로리스트는 파리 1세대 플로리스트로 은퇴할 나이가 훨씬 지났음에도 하루도 빠짐없이 숍에서 꽃을 만지는 현역 플로리스트이자 일본에서는 잡지와 미디어를 통해 꽤 이름이 알려진 분이다. 덕분에 이미 많은 일본인 플로리스트들이 이 숍을 거쳐갔다. 나 역시 일본의 꽃 선생님 인맥으로 한 다리 건너 숍에 지원해볼 수 있는 기회를 얻었고, 그 사실이 어쩌면 유학까지 이끌었을지도 모르겠다.

파리에서 인턴을 하려면 '콩방시옹 드 스타주Convention de stage' 라고 하는 인턴 지원서 같은 서류가 필요하다. 한마디로 '인턴 고용 계약서'인데 서류는 보통 사립 어학원에서 발급받을 수 있고 외국인의 경우, 서류 한 장당 최대 3개월의 인턴 계약이 가능하다. 물론 주 35시간 노동을 기준으로 나라에서 지정한 인턴 월급을 받을 수 있는 제도로 일손을 많이 필요로 하는 많은 직군에서 고용하고 있는 시스템으로 플로리스트도 예외는 아니었다.

프랑스어를 시작한 지 두 달이 넘은 시점부터 약 반년간 시스템을 통해 인턴으로 지냈다. 말이 7시간 노동이지 익숙하지 않은 프랑스어와 난생처음 해보는 꽃일에 온 신경을 쏟는 사이, 14시간을 일하는 것과 같은 피로를 느꼈다. 취침 전 책상에 앉아 과제라도 할라 치면 펜을 놓치고 꾸벅꾸벅 졸기 일쑤였다. 말 그대로 꽃을 만지는 시간은 살아 있다가 귀가하는 즉시 녹초가 되었다. 체력의 한계, 30대 만학도의 한계를 동시에 느끼는 순간이었다.

다행히 일은 참 재미있었다. 배달하는 시간조차 여행자처럼 마냥 들떠 있었으니까.

하루에 적어도 한 번은 부케 배달을 했다. 우리 숍에는 인턴이 나를 포함해 세 명이었다. 직원 두 명 그리고 꽃 학교를 다니는 수습생 한 명, 사장님과 사모님. 오랜 기간 동안 숍을 운영해오신 분이라 두터운 팬층과 단골들이 꽤 있었고 일본에서 꽃을 배우러 오는 학생들의 레슨을 비롯하여 온라인 주문도 받고 있어서 매출이 괜찮은 곳이었다. '퀵서비스'라는 시스템이 없는 파리에서 배달비 절감을 위해 작은 부케들은 배달 기사를 쓰지 않고 인턴들이 돌아가면서 배달을 직접 했는데, 다른 인턴생들은 어땠는지 몰라도 나는 그 시간이 좋았다. 지금이야 애플리케이션으로 운영되는 저렴한 자전거 배달 같은 서비스들이 생겨 편해졌지만 말이다.

파리 곳곳을 여행하는 기분으로 매일 새로운 고객의 집 문을 두드렸다. 전철을 타고 파리 곳곳을 누비며, 여행으로 느끼지 못했던 파리의 매력을 발견하는 재미가 쏠쏠했다.

기념일 부케를 배달하러 7구의 오래되면서도 고풍스러운 오스만 양식의 아파트에 사시는 노부부의 집으로, 갓 출산을 한 파리지엔의 집으로, 또 어떤 날은 출장으로, 혼자서 생일을 맞아야 하는 그녀를 위해 호텔로 꽃 배달을 부탁한 이탈리아인 남자 친구의 부탁으로, 사연을 담아 꽃을 배달하는 큐피드의 임무를 수행하는 것처럼 행복했다.

다만 분명 여기인데 하고 지도를 보며 이웃 가게에 물어봐도 길을 찾지 못할 때, 분명 고객이 알려준 출입 코드가 맞는데 안 먹힐 때, 집 앞까지 갔는데 고객이 안 계실 때면 떨리는 손

으로 고객의 전화번호를 눌러야 했던 그 시간을 빼곤 말이다.

"봉주르 마담, 부케 배달 온 플로리스트입니다만 지금 어디에 계신가요? 제가 집 앞까지 왔는데요......."

"혹시 말씀하신 4층 건물 왼쪽이 엘리베이터에서 내려서 왼쪽인가요? 그럼 몇 번째 문이죠, 대문에 이름이 안 적혀 있어요."

"첫 번째 대문을 열고 들어왔는데, 정원을 중심으로 여러 개의 건물 중 A 건물 앞에 왔는데, 코드가 안 맞아요. 이 건물이 맞을까요?"

능청스레 물어보며 프랑스어를 또박또박 늘어놔도, 떨리긴 매한가지였다. 눈을 보고 말해도 어려운 외국어는 전화로는 더 어려운 법. 온 신경과 정신을 전화기 너머로 들려오는 목소리에 집중을 해도 나이대별로, 혹은 말투마다 뱉어내는 프랑스어가 다 다르게 느껴지는 건 프랑스어 초짜라 어쩔 수 없었던, 넘어야 할 관문이었다.

간혹 본인 말만 빨리 뱉고 끊는 파리지앵, 파리지엔들도 있었다. 그러면 머릿속에서 흩어진 말들을 열심히 조합해 추리를 시작하곤 했다—하하, 꽃 배달 미션은 그다음이었다!—지금이야 전화로 부동산, 은행, 무례한 고객에게도 당당히 할 말을 전하고 따져야 직성이 풀릴 만큼 배짱이 두둑해졌지만 당시를 떠올리면 피식 웃음이 나올 만치 파리를 보던 나의 시

\\\

선은 모든 게 신기하고 아름다워 보였구나 싶다.

모든 일에는 '369 법칙'이 적용되는 법.

3개월이 지나자, 어려웠던 전화도 어느 정도 능숙해졌고 숍에서 고객을 대하는 법도 그리고 부케를 잡는 법도 어느 정도 수월해졌다. 물론 여전히 까다로운 고객 입맛에 맞게, 그러나 티 나지 않게 전문가의 입장으로 리드해가기엔 실력이 턱없이 부족했다. 겨우 날개 달 곳을 만들었을 뿐, 날개는커녕 나는 방법도 알지 못했으니까. 3을 떼었으니, 6개월 그리고 9개월. 그 후 3년, 6년, 9년을 더 보내며 충분히 익힐 수 있는 문제였다.

시작이 반이었던 그 시절로부터 5년이 넘는 세월을 더 보냈다. 그 꽃집은 첫 한국인 인턴이었던 나를 시작으로 현재는 많은 한국인 인턴과 수습생들이 지나갔고 프랑스인들과 일본인들 위주로 일하시던 사장님은 현재 한국인 학생들과도 함께 작업하신다. 그리고 그 시절 함께 파리의 낮과 밤을 보내던, 일본인 플로리스트들은 나의 소중한 인연으로 각자 개성 넘치는 파리의 유명한 플라워 숍의 책임자로 살고 있다. 나는 인턴을 계기로, 꽃을 제대로 배워보기 위해 서른의 도전을 본격적으로 꿈꾸기 시작했다.

다시 시작한다면

파리에 온 지 반년을 향해 가던 2015년 초여름, 원래 계획대로라면 반년간의 유학을 끝내고 유럽으로 배낭여행을 떠난 뒤, 일본으로 다시 귀국해야 했다. 물론 1년 동안 파리 생활을 누릴 수 있는 학생비자가 있었지만 일본에 두고 온 살림살이며, 아직 유효한 일본의 비자 처리와 관련해서 한 번은 입국해야 했기에 이 시점에서 큰 결정을 내려야 했다.

파리에서 인턴을 하는 걸로 충분하다고 생각했는데, 아니었다. 백문이 불여일견百聞而不如一見이라더니, 지레짐작했던 파리에서의 유학은 나를 한층 더 매료시켜 채울 수 없는 갈증을 만들어냈다. 일본을 정리하고 파리로 돌아와 플라워 학교에 들어가고 싶은 마음이 커져감에 따라 이 갈증을 해소할 방법을 찾기 시작했다. 그러나 인터넷에서 쏟아지는 무수한 정보들 중 꽃 유학은 유독, 일반 아카데미 수료가 아닌 전문학교를 위한 정보를 찾는 건 바늘구멍이었다.

국내에서 일본, 미국, 독일 스타일의 꽃꽂이나 부케 장식은 어머니 세대 때부터 존재해왔지만 프렌치 스타일이 유행하한 지는 그리 오래되지 않았다는 증거다. 이웃한 일본에서는 10여 년 전부터 꽃 업계에 프렌치 붐이 일어났다. 일본의 꽃 잡지사들은 앞다퉈 파리의 플로리스트 특집을 연재했고, 수많은 관련 서적이 발행되었다. 서점에서는 파리뿐 아니라, 전 세계 꽃을 다루는 도서들을 많이 발견할 수 있다. 나 또한 일본인 지인들을 통해서 다양한 정보를 얻었으니 새삼 실감하지 않을 수 없었다.

인턴을 하며 친하게 지내던 리카코라는 친구가 퇴근길에 말을 건넸다. "다음 주는 나 학교 가서 안 오니까 그다음 주에 봐!"

잠깐만, 학교에 간다고 일터에 안 나온다니?

프랑스에는 인턴과 별개로 '수습생apprentissage 제도'가 있으며 외국인에게도 적용되는 시스템이라는 걸, 그때 알았다. 프랑스는 손으로 하는 직업들 중심으로—플로리스트, 엔지니어, 제빵, 헤어디자이너 등등—각종 서비스 업계는 물론이고 비즈니스 스쿨까지 '수습생'이라는 제도가 있다.

보통 1년에서 2년 정해진 기간 동안 한 달에 일주일 혹은 2주일 정도 학교에서 이론을 배우고 나머지 주는 기업에서 실기를 익히는 시스템이다. 그리고 기업에서는 나라에서 정해준 월급을 수습생에게 지불한다.

그리고 예외 없이 파리의 유일한 플로리스트 학교도 그 제도를 수용하고 있었다. 이론과 실기 수업을 한 번에 제공하는데 월급도 준다니! 다만 2년짜리 코스라는 게 조금 걸렸다.

그러니까 음, 2년이면…… 졸업 후 서른셋.

일본으로 돌아가는 시기를 늦추거나, 아예 돌아가는 것을 포기해야 했다. 그래, 100세 시대에 고작 2년 정도 다시 원점으로 돌아간다 한들 큰 손해는 아닐 거야,라고 합리화시키며 용기를 북돋았다. 한 발 후퇴하는 것처럼 보이지만 시간이 흐른 후엔 큰 걸음으로 전진했다고 느껴질 순간이 분명 올 거라고, 머릿속의 숫자를 훑었다. 어떤 게 정답이 될지는 몰랐다. 나는 오랜 고민 끝에 파리에 남기로 했다. 적어도 2년 더 말이다. 그러나 공부도 시켜주고 월급도 주는 만큼 학교의 입학 조건은 역시 만만치 않았다.

1. 회사를 스스로 찾아야 함.
2. 만 26세 이하만 제도를 이용할 수 있음.

2번에서 좌절했지만, 만 30세 이상도 가능한 계약직 수습생 Contrat Professionnelle 제도를 알게 되었고, 그 계약을 받아줄 숍을 찾기 시작했다. 그리고 인턴으로 근무하는 곳 사장님께 내 계획을 말씀드렸다. 그러자 사장님과 일본 출신의 사모님은 열정적으로 꿈을 쫓아가는 나를 응원해주는 게 아닌가! 그렇게 생각보다 쉽게 숍을 찾았다는 기쁨과 함께 모든 게 순탄하게 진행이 되는 줄 알았다.

    몇 달간의 인턴이 끝나고, 어학 공부를 이어가면서 원서 준비를 시작했다. 그러나 모든 게 짜인 각본처럼 제자리에서 잘 움직이고 있다고 생각했던 시점에 문제가 발생했다. 사장님과 사모님, 그리고 담당 회계사를 만나 미팅을 진행하던 날, 사장님은 고민 끝에 '지원 취소'라는 결정을 내리셨다.

    내가 진행하려 했던 계약서는 만 26세 이하의 학생보다 발생하는 월급과 그에 준하는 세금이 비싸 부담이 컸을 것이다. 학교에 가 있는 동안은 당연히 플라워 숍을 비울 거고 같은 월급이라면 늘 상주할 수 있는 직원 하나를 두는 게 낫다는 계산이 쉽게 나오니, 납득할 만한 결과였다.

    다만 곧 바캉스가 시작되기에 파리의 다른 숍을 찾을 시간이 없다는 게 나를 조급하게 만들었을 뿐. 그리고 다른 숍에 이력서를 뿌린들 돌아올 대답은 뻔했기에, 계획을 바꾸기로 했다.

    두 번째 카드.

    프랑스에 오기 전에 염두에 두었던 플로리스트 전문학교 '피베르디에르Piverdiere'로의 입학. 학비가 들지만 2년짜리 과정을 단기간으로 진행하여 1년 안에 끝낼 수 있고 실습 대신 그 사이사이 짧은 인턴 기간이 두어 번 들어간다. 짧지만 값지게 쓴다면 그동안 많은 경험들을 채워 넣을 수 있지 않을까.

    그러나 지방으로 이사를 해야 했다. 그것도 파리를 떠나 작은 도시로. 일본과 한국에 분교를 둔 꽃 전문학교로 외국인들도 많이 배출해낸 학교였지만 '위치'가 마음에 걸렸다. 그리고 또 이사라니.

처음부터 파리를 오지 않았다면 우선순위가 되었을 학교, 그렇게 피베르디에르가 위치한 도시 앙제로 이사하기로 하고 바캉스 시작이 얼마 남지 않은 시기에 서둘러 입학 처리를 마치고 동시에 집을 찾았다. 짧지만 정들었던 파리와 잠시 이별하기로 하고.

파리로 여행을 온 2014년 10월을 기점으로 반년 만에 인생이 180도 바뀌었다. 파리에서 꽃을 공부하는 유학생이 되었고 어느 것이 정답인지 알 수 없어 두려운 한편 설레는 감정을 안은 채, 새로운 시작을 향해 또다시 나아가고 있었다.

진짜 시작된 유학

이삿짐을 싣고 차로 세 시간 남짓 달려 조용하고 평화롭기로 소문난 앙제Angers라는 도시에 도착했다. 아파트 관리소와 실내 확인을 마친 뒤, 짐을 옮겼다. 한숨 돌리니 그제야 긴장이 풀린 듯 허기가 졌다. 일단 급한 짐들부터 마저 정리하고 장을 보러 가기로 했다.

파리에서 가져온 식품들과 양념들을 차곡차곡 냉장고에 채워 넣는 새, 일에 속도가 붙어버려 해가 질 때까지 정리했다. 날이 더 어두워지기 전에 좀 나가볼까 하며 외출 채비를 하고 문을 잠그려는 순간, 응? 이상했다. 아무리 열쇠를 돌려도 문이 잠기지 않는 것이다. 안에서는 잠기는데 밖에서는 아무리 용을 써도 잠기지 않았다. 불안해지기 시작했다. 관리인은 퇴근을 했는지 연락이 안 되고, 밖은 점점 더 어두워지고 있었다. 별의별 생각이 다 들었다. 오늘은 금요일이고 주말엔 관리실 연락도 안 될 텐데, 설마 이대로 문이 잠기지 않는다면 어쩌지? 연고도 없는 이곳 호텔에서 잔다고 한들, 짐을 놔두고 간다고 생각하니 머릿속이 하얘졌다.

아, 나는 왜 문이 제대로 작동하는지를 살펴보지 않았을까. 파리이건 아니건 프랑스 자체가 예외가 많은 나라임을 잊었던 걸까. 완벽하다고 생각한 하루였는데 망했다 싶었다.

문고리와 전화기를 잡고 한 시간가량 혼자 발을 동동 굴렀다. 옆집에서 학생으로 보이는 프랑스 여자가 외출하는 것 같았다. 혹시나 싶어 나는 새로 이사 왔다고 인사를 건네며 도움을 요청했다. 문이 고장 난 것 같은데, 관리인은 연락이 안 되니 비상연락망 같은 건 없느냐고 묻자 선뜻 자기가 봐주겠다고 열쇠를 받아들었다. 익숙한 듯 문고리를 위로 휙 올려 열쇠를 집어넣었다. 찰칵. 그러고는 태연하게 '고장 아닌데? 이것봐, 잘 잠겨'라고 하는 게 아닌가.

한 시간 동안 소설을 쓰고 바보처럼 군 것이 어이가 없는 동시에 깊은 안도의 한숨이 나왔다. 그러니까 이 아파트 모든 문들은 동일한 방식으로 잠그게 되어 있었고 처음 일을 겪는 내가 그 사실을 알 리 없었다. 관리인도 참 무심하다 싶으면서도 어쨌든 오늘 밤 도둑 걱정 없이 잘 수 있다는 사실에 앞집 여자와 시선을 주고받으며 한참을 웃었다.

장을 보러 가는 길에 잘 도착했냐고 파리의 지인들이 안부를 물어오자 가슴 안쪽이 저릿했다. 평화로운 이곳은 파리보다 덜 긴장하며 살아도 되겠지 생각했다. 조금 더 친절한 프랑스의 모습들을 만날 수 있을 거라는 막연한 기대가 첫날, 외로움으로 다가올 줄 몰랐으니까. 아시아인을 찾아볼 수 없는 이곳에서 진짜 혼자가 된 거 같아서, 그 짧은 틈에 열쇠 사건을 겪으며 내심 '나 여기 잘 온 걸까' 하는 생각에 무서웠던 것 같다.

친구와 통화를 마친 뒤, 닭똥 같은 눈물을 훔치고는 장을 한껏 봐서 들어왔다. 문을 단단히 걸어 잠그고 거하게 저녁을 차려 먹었다. 이사 신고식을 제대로 한 기념으로.

7시 알람에 눈을 떠 준비하고는 밥솥에서 밥을 떠 전날 미리 만들어놓은 반찬으로 도시락을 후딱 만들었다. 해가 뜨기 전 버스에 올라타 학교로 향했다. 수업은 강행군이었다. 오전 9시부터 오후 5시까지.

겨울이면 컴컴한 어둠 속에서 등하교하며 월요일부터 금요일까지 매일 반복되는, 마치 수험생의 삶을 다시 사는 것만 같은 나날의 연속이었다. 게다가 학교 근처에는 식당이 없어 매일 도시락을 싸야 했다. 방과 후, 회포라도 풀라 치면 번화가로 나가야 하는데 일찍 끊기는 파리 같지 않은 교통편 탓에 평일에는 묻지도 따지지도 않고 곧장 집으로 해산한다. 오늘 배웠던 수업 내용 중 따라가지 못했던 내용들을 복습할 시간조차 없어 주말도 반납한 채 과제하기 일쑤였으니 친구들과 한잔 기울이는 시간이 때론 사치처럼 느껴졌다.

초반에는 강의 내용을 녹음하여 듣기도 했지만 몇 시간짜리 음성 파일을 다시 들으며 복습한다는 것 또한 곤욕이기도 했다. 필기한 노트를 보고 단어를 찾아 머릿속 서랍을 만들어

이야기를 집어넣었다. 프랑스 친구들이면 한 두 시간이면 끝날 일들이—번역, 이해, 암기—그 모든 게 낯선 프랑스어 그리고 전공 용어로 이루어지니 유학생에게는 두세 배 더 힘이 드는 일이었다.

플로리스트가 되기 위한 공부에 세포학이 필요할 줄이야. 세포학뿐인가, 경제와 법, 역사·수학·과학도 낮은 비율이지만 수업의 한 과목으로 들어가 있다. 물론 수학과 과학은 국가 자격증 시험 때 선택이 가능하지만, 그것도 프랑스 고등교육을 받은 사람들에 해당된다. 그런 이유로 두 번의 국가 자격증 시험 기간에 꽃과 직접적 관련이 없는 과목까지 응시해야 했다. 프랑스에 남아 플로리스트로 일을 하고자 하는 사람에겐 이런 과목들이 도움이 될지 모르나 여기까지 유학 와서 이 나라 국회법이며 프랑스 역사와 세계사를 프랑스어로 외워야 한다고 생각하니 허무할 때도 있었다.

그러나 당장 이 자격증이 어디에 어떻게 쓰일지 모른다 하여도 전력을 다해 합격하고 싶었다. 한국과 다르게, 플라워 숍에 취직하기 위해서 가장 먼저 보는 조건이 CAP^{Certificat d'aptitude professionnelle}, 그리고 그다음 단계가 BP^{Brevet professionnel}라고 불리는 국가 자격증인데, 꼭 이를 위해 온 유학은 아니었지만, 다시 오지 않을 순간을 기억하기 위해서라도 내 이름 석 자가 들어간 자격증을 꼭 얻고 싶었다.

약 6개월 동안 스파르타식 수업이 이어졌다. CAP 국가시험을 위한 준비는 스파르타 수업만큼이나 첩첩산중이었다. 프랑스인이었다면 조금 더 수월할까 싶었지만 그들 중에서도 낙오자는 발생했다. 몇 안 되는 한국 유학생들 사이에서도 디플롬을 포기하거나, 디플롬은 가져가되 국가시험은 포기하는 친구들이 하나둘 생겨났고, 우리가 겪는 고생은 아름답게만 마무리될 수 없는 고난의 연속이었다.

그럼에도 불구하고 앙제라는 작은 마을은 하나의 쉼표가 되어 주었다. 자연에 둘러싸여 평일과 주말 할 것 없이 한적하고 평화로운 매력을 지닌 도시다. 다시 파리에 살고 있는 지금, 그곳을 떠올리면 마치 어린 시절 부모님의 그늘 밑에서 걱정 없이 지내던, 가벼운 투정과 어리광으로 덧칠된 유년 시절의 기억 같다. 이내 입가에 아늑한 미소를 부른다. 사람들은 친절했고 행동과 표정에 여유가 있었으며, 아시아인이 많이 살지 않던 곳이라 도움을 청하면 늘 상냥하게 도와주었다.

파리에서 흔히 볼 수 있었던 노숙자, 소매치기가 없어 긴장을 놓고 살 수 있었다. 버스와 트램^{Tram}만이 조용히 다니던 아담한 마을을, 나는 가능한 한 걸어다녔다. 천천히 풍경을 눈에 담았다. 다른 무엇보다 나를 힘들게 했던 기다림과 오류의 연속인 파리의 행정 처리가 이곳에서는 큰 오차 없이 계획대로 빠르게 진행되었다. 지금도 그곳을 떠올리면 마음이 일순간 고요해지고 유학 시절의 평화로운 순간들로 가득하다.

북적거리던 파리가 그리워지기 시작한 건 공부가 끝나갈 즈음, 이후의 일정을 계획하면서부터였다. 내가 배웠던 CAP 코스의 다음 과정을 밟고 싶다는 욕심도 있었지만, 이전에 파리에서 숍을 구하지 못해 입학할 수 없었던 아쉬움이 스멀스멀 올라왔다. 무모하다 하더라도 다시 한번 부딪혀보고 싶어졌다.

그다음 단계인 BP코스는 앙제의 학교에서도 가능했지만, 이곳에서의 경험은 6개월로 충분했다. 함께 공부했던 프랑스 친구들도 유학생도, 스파르타식 공부에 질렸던 탓일까, 이후의 교과과정을 생각하는 친구들이 많지 않았다. 하루빨리 실전에 뛰어들어 배운 것들을 써먹고 싶은 마음이 컸던 것이다. 한편 내 욕심을 채우기에는 수습생 제도를 이용할 수 있는 파리 플로리스트 학교가 적합하다는 생각이 들었다.

디플롬을 받고, 국가 자격증을 따서 한국으로 귀국해 경험을 쌓고 꽃으로 가득한 나만의 공간을 만들어 행복을 찾아가도 될 노릇이었는데, 나는 또 다른 꿈을 꾸기 시작했다. 잠을 줄여가며 노력했던 덕에 함께 졸업했던 한국인 유학생들 중 유일하게 학교 디플롬과 CAP 플로리스트 국가 자격증을 동시에 취득하며 앙제와 이별했다.

정보도 경험도, 자격증도 없던 입학 전과는 다른 자신감에 왠지 파리에서 새로이 도전할 용기가 생겼다. 설사 계약을 못 한다 하더라도 괜찮았다. '미련이 남지 않을 만큼 최선을 다해

보자'라는 마음으로 결과를 받아들였기에 지금까지 올 수 있었으니까, 훗날 최선을 다하지 못하고 현실과 타협했던 순간들이 가슴에 남아 스스로를 괴롭히지 않도록 해보자고 거듭 다짐했다.

그렇게 학기 중에, 졸업을 위한 두 번의 인턴을 굳이 파리에서 보내며 '파리 플로리스트 학교 입학'을 위한 이력서를 돌리기 시작했다.

좋아하는 걸 해요

오랜만에 돌아온 파리의 하늘은 앙제로 떠나기 전보다 더 아름다웠다. 적당히 따사로운 햇살, 가볍게 불어오는 바람 사이로 초여름의 기운이 만발했다. 5월의 파리, 가장 좋아하는 계절에 다시 돌아왔다. 학업의 마지막 인턴을 파리에서 마무리하고 남은 비자 기간 동안 국가시험 준비를 시작했다.

그와 동시에 9월에 시작되는 입학을 위해 직접 이력서를 들고 파리 시내의 플라워 숍들을 방문했다. 말이 9월이지 사실상 7월 초부터 바캉스 철에 들어서기 시작해 자칫하다가는 공석을 찾는 게 어려워지기에 서둘러야 했다. 단번에 숍을 찾을 수 있다면 좋겠지만 프랑스인이 아닌 나를, 그것도 만학도를 써야 할 이유를 설득시키려면 넘어야 할 산이 많았다.

나이가 많다는 말인즉슨, 수습생 시스템 특성상 나라에서 정한 월급 액수가 올라간다는 이야기이며 무수한 체력을 요구하는 직업군에서 체력적으로 젊은 피들에게 밀린다는 이야기가 아닌가. 만 서른이 넘은 나는 세금까지 발생하는 트리플 핸디캡 조건을 가진 후보자였다. 그런 내가 보여줄 수 있는 무기는 젊은 유학생, 아니 어린 프랑스 친구들보다 다양한 사회생활 경험으로 유연하게 일을 처리해나갈 수 있다는 점이었다. 아, 아시아인 특유의 정직하고 책임감 있는 업무 수행 능력을 어필해도 괜찮겠다. 덧붙여 충만한 포부도. 구글로 파리 곳곳의 플라워 숍 중 마음에 드는 곳들을 리스트로 엮어 직접 발로 뛰며 이력서를 돌리기 시작했다. 담당자가 부재 중이라며 시큰둥하게 반응하는 곳이 대부분이었다. 그중 호의적인 곳들은 면담 기회 정도는 가질 수 있었으나 그뿐이었다. 내 프로필이 내심 부담스러웠던 모양이었다.

상황이 그럴진대 나는 덥석, 테스트 기간을 가지고 나서 발탁해도 된다고 제안했다. 현장에서 일을 해보는 것으로 나도 그들도 만족할 수 있으니까. 일당백의 쓸모 있는 학생이라는 걸 보여주고 싶었다. 일을 직접 같이 해보고, 혹은 일하는 모습을 보고도 거절하면 납득하겠다는 조건으로.

그렇게 운 좋게 파리에서 유명한 숍에서 일주일간 테스트 기간을 가지게 되었다. 사장님은 이력서를 들고 간 날, 굉장히 호의적으로 내 이야기에 귀 기울여주셨다. 현재 공석이 있는 건 아니지만 일주일 정도 테스트 기간을 가지고 나서 생각해볼 수 있으니 스케줄을 알려달라고 하셨고 그렇게 세계 챔피언 플라워 대회 우승 출신이자 각종 콩쿠르 심사 위원으로도 유명한 '질 포티에르Gilles Pothier' 숍에서 인턴을 지냈다.

각종 데코와 파티 작업이 연이어 이어지고 작업량이 많을 때면 따로 마련된 아틀리에에서 장식을 준비해 파티 장소까지 옮기고 다시 다른 곳으로 이동하는 일정만 소화하다 하루가 다 끝나기도 했다. 파리 곳곳을 누비며 수많은 작업에 참여하고 있노라면 진짜 파리의 플로리스트가 된 것 같았다.

그러나 경력이 없는 내가 할 수 있는 일은 많이 없었기에 크고 무거운 화병에 물을 가득 담아 행사장으로 옮겨 꽃을 장식하기 위한 준비를 하고, 행사가 끝난 자리를 정리하는 일들이 메인으로 주어졌다. 아뜰리에의 꽃 작업에 참여하기도 했지만 체력적인 작업들이 대부분이었다. 사실 플로리스트의 시작은 거기서부터다. 우아하게 꽃만 만지는 사람으로 생각한다면 영화의 오프닝만 보고 줄거리를 다 안다고 자부하는 것이나 다름없다.

온실 속 화초처럼 우아하게 예쁜 것만 보고 담으면 좋으련만 이면에는 불편한 부분들 역시 존재한다. 프랑스에서는 플로리스트를 흙과 식물 그리고 꽃으로 연결되는 모든 작업들을 아우르는 장인, 아티스트로 구분짓는다.

테라스 작업은 물론이고, 식물의 활용법, 번식법, 그리고 우리가 흔히 생각하는 꽃을 이용한 데코레이션과 부케를 만드는 작업, 플라워 숍의 운영까지 모든 게 우리의 작업 영역인 것이다. 무거운 작업물과 화병 등을 번쩍 들어 처리하는 일은 물론이고, 겨울이면 꽃을 위해 난방 한 번 맘 편히 켜지 못한 채 눈사람처럼 옷을 껴입고 핫팩에 손을 녹여가며 일하는 모습까지. 모든 직업군이 그렇겠지만 좋아 보이는 이면에 체력적으로 버텨야 할 부분들이 가장 기본이 되었다. 일이 익숙해지면 그 후 더 많은 업무가 주어질 테니 다음 단계로 나아가기 위해서는 기본을 잘 해내야 한다고 다독였다. 기본기가 탄탄하면 초심을 잃지 않고 나아갈 수 있다고 믿으면서.

어렵게 얻어낸 것일수록 쉽게 포기하고 싶지 않으니 지금은 그 기초를 단단히 하는 과정이라 생각하면 아무것도 서러울 것이 없었다.

지금 당장 멋있고 좋지 않아도 괜찮다. 좋은 곳에서 시작해서 내려가는 일보다 올라갈 곳이 많아 한 걸음씩 성장할 수 있는 오르막길이 더 가치 있는 삶이 될 것이다. 오래도록 할 수 있는 일을 찾다 보면 잘하는 일과 좋아하는 일 가운데 무엇을 선택해야 할지 고민이 된다. 좋아하는 것도 일이 되면 스트레스가 되지 않을까 지레 걱정스럽고, 잘하는 일은 좋아하는 일 정도의 취미로 두기엔 아깝다거나 하는 고민 말이다. 파리에 건너오기 전부터 들었던 생각들과 마주하며, 취미로 시작한 꽃으로 온전히 내가 되는 시간을 경험하고 서른에 새로운 도전을 시작했다.

그럼에도 두려움이 스멀스멀 찾아왔고 때마다 '이 선택으로 얼마나 행복한가'에 집중하며 '성장할 크기와 현재 행복의 크기'에 집중하며 마인드 컨트롤했다. 매일 좋아하는 일을 행복하게 할 수 없지만 그 과정을 거치며 결국 잘하는 일이 되어 행복감을 느낄 수 있다면, 멀리 내다보아야 한다. 시간이 겹겹이 쌓여, 내공이 길러지고 결국 잘하는 일이 좋아하는 일이 되기도 할 테니까.

행복도 기술이라는 말이 있다. 나의 행복을 잘 아는 것만큼 좋은 기술은 없다. 누구에게나 슬럼프는 찾아오고 그 슬럼프를 이겨낼 힘이 내 안에 있음을 잘 알면서도 그 벽을 깨지 못할 때 지금 하고 있는 것을 얼마나 더 잘하고 싶은지, 좋아하는 것을 더 잘하고 싶은 열정과 힘이 있는지, 그게 나의 행복이 되고 있는지를 들여다보는 연습이 필요하다.

그렇게 일주일간의 테스트가 끝난 뒤, 숍에서 나의 채용을 결정했다. 고생은 역시 배반하지 않아! 날아갈듯이 기뻤다. 그러나 며칠 뒤 담당 비서와 서류에 관해 연락을 주고받던 중 마지막 메일에서 고용이 힘들다는 아쉬운 소식을 통보받았다. 역시 내가 하는 계약은 전례가 없는 탓인지 세금 부분을 감안하고 사인을 해주는 고용주를 찾기란 쉬운 일이 아니었다. 그럼 처음부터 아예 희망을 주지 말지...... 야속했지만 그쪽의 입장도 십분 이해가 되었다. 그래, 모든 것은 다 이유가 있을 테고, '그 시간을 거쳤기에 다행이다'라고 생각하는 순간은 분명 올 테니까.

허무했지만 달콤했던 짧은 시간을 지나 다시 원점이 되었다. 그렇다고 내내 의기소침해 있을 수 없었다. 플로리스트 국가시험 준비와 함께 다시 이력서를 뿌려야 했다. 비자는 만료를 향해 가고 있었고, 아무것도 보장되지 않는, 무엇 하나 쉬운 게 없는 나날의 연속이었다.

꽃이랑 놀기 좋은 도시

졸업을 위한 마지막 2주간의 인턴을 파리 6구에 있는 숍 야니크 쉬즈네브 Yannick Suznjev 에서 마치며 동시에 국가시험을 무사히 치렀다. 처음 목표로 했던 것들이 끝나는 순간이었다.

유창하지는 않지만 의사소통이 될 정도의 프랑스어 실력으로 학교에 들어가 프랑스어로 모든 수업을 따라갔다. 이름 있는 플라워 숍들의 인턴을 거치며 경험을 쌓았고 CAP 플로리스트 국가 자격증을 손에 넣었다. 파리 생활 2년 차, 처음 목표했던 것들을 이뤘는데 자꾸 욕심이 생겼다. 하다 보니 또 다른 길이 보이고 할 수 있을 것만 같은 용기가 솟았다. 해보지 않았으면 몰랐을 것들이 내내 궁금하다. 그 뒤에 또 그 뒤에는 어떤 길이 펼쳐질지 마치 나의 한계를 끝없이 시험해보고 싶은 짓궂음일지도 모르겠다.

국가시험 마지막 날, 시험장에서 나오는데 마지막 인턴을 했던 곳에서 전화가 왔다. 주말에 있을 벼룩시장에 출점하는 데 도와줄 수 있냐고 말이다. 자세한 내용은 뒤로하고, 일단 인턴이 끝난 곳에서 다시 나를 찾는다는 건 고마운 일이 아닌가. 난 쓸 만한 아마추어 플로리스트인가 봐 하고 멋대로 해석했지만 내심 무척 놀랍고도 기뻤다.

주말 아침, 숍으로 가니 사장님이 나의 역할을 설명해주신다. 이틀 동안 열리는 숍 근처 벼룩시장에 우리가 참여를 하는데 실내외용 화분들을 시작으로 창고에 오랫동안 빛을 보지 못한 앤티크 화병들까지 총출동하여 판매대에 오른다 하셨다. 그리고 이 이벤트의 메인 지휘권을 위임하겠노라고. 의욕 증진을 위해 매출의 10퍼센트를 수고비로 거는 파격적인 제안까지 곁들여서 말이다.

장사의 맛은 사회 초년에 아르바이트를 하면서부터 터득한지라 귀가 솔깃했다. 다 팔아버리겠다는 의지에 힘을 실어주기라도 한 듯 날씨 요정이 찾아왔고 벼룩시장의 중앙에 위치한 우리 천막은 파리지앵들의 발길로 이틀간 북적였다.

약간의 친근함과 상술을 가미하여 완판에 가까운 기록을 세우며 이틀간 5천 유로에 가까운 매상을 올렸다. 벼룩시장의 평균 거래 가격이 10유로 안팎인 것을 감안하면 엄청난 양의 노동이었다. 물론 하나에 백유로가 훨씬 넘는 큰 화분들도 있었기에 가능한 일이었지만 결과로 나온 숫자는 이틀간의 고생을 날려주는 듯했다. 그러나 무엇보다 큰 보람은 따로 있었다. 사장님은 인턴을 하는 동안에 고려해보시지 않았던 수습생 계약서를 긍정적으로 검토해보겠다고 하신 거다! 내게는 수고비 10퍼센트보다 더 달콤한 수익이었다.

운명 같은 타이밍이었다.

일본에서 경험한 '죽으라는 법은 없다'라는 말을 프랑스에서도 다시 한번 경험하는 순간이었다. 헤쳐온 모든 일들은 어떻게든 연결이 되어 적재적소에 가장 큰 힘을 발휘한다. 눈앞에 일어나는 모든 일들 그리고 그 경험은 버릴 게 없음을 다시 한번 실감했다.

그렇게 2016년 9월, 내가 취득한 CAP 플로리스트의 윗 단계인 BP 2년 코스를 위해 파리의 유일한 플로리스트 학교인 '에콜 데 플뢰리스트 드 파리École des Fleuristes de Paris'에 입학했다.

앞서 말했듯, 매월 1주일씩은 학교에서 이론을 그리고 나머지 3주가량은 숍에서 실습을 하며 경력을 쌓고 나면 2년 뒤에는 디플롬과 동시에 2년 경력을 얻고 BP 국가 자격증에 도전할 수 있는 자격을 얻는 학업 과정이었다.

프랑스의 이 수습생 시스템은 정말로 추천할 만하다. 외국인에게도 예외 없이 적용이 된다는 장점은 물론, 자신의 적성에 맞는 일을 이론과 실습을 동시에 하면서 프로로 성장할 수 있는 기회를 나라에서 마련해주니 얼마나 알찬 시스템인지! 고등교육을 시작할 나이에 본인의 적성에 대해 고민하고 여러 직군에서 인턴의 기회를 가지며 진로를 결정할 수 있게 지원해주는 프랑스에서는, 이런 수습생 제도를 통해 디플롬과 동시에 경력을 쥐고 취업하여 20대의 나이에 10년의 경력을 가지는 전문가들이 많다. 바로 프랑스에서 장인이라 불리는 요리사, 쇼콜라티에, 제빵사, 소믈리에, 플로리스트, 헤어디자이너 등을 포함, 약 250개의 직업군에서 20대의 나이에 전문가로 불리며 자신의 커리어를 꾸준히 쌓아가는 프로들이 수없이 많은 이유이다.

일반 대학을 가는 사람들은 바칼로레아Baccalauréat라고 하는 우리나라의 수능과 같은 시스템을 통해 디플롬을 취득하여 본인이 원하는 대학에 지원한다. 보통 프랑스 학생들은 스무 살이 되기 전에 본인의 진로를 대학 진학으로 결정할지 수습생으로 사회에 첫발을 뗄지 큰 고민을 거치는 셈이다.

남들 다 가는 대학이니 점수에 맞춰 진학하고 늦게는 사회생활을 하면서 진정 본인이 원하는 것들에 대해 고민하기 시작하는 우리나라의 풍경과 사뭇 다르다. 나 또한 사회생활을 하면서 진정으로 내가 원하는 삶이 무엇인지 고민하게 되었고, 이대로 괜찮은가를 끊임없이 묻고 또 물었으니까 말이다.

유학을 시작하면서 조금만 더 어린 나이에 왔더라면 어땠을까 하고 생각한 시간도 적지 않았다. 그러나 큰 결단을 내렸던 서른이라는 그때의 나도 결코 많은 나이가 아니었음을 30대 중반이 되어 알아간다.

파리는 꽃일을 하기 좋은 도시여서 참 다행이다.

장인, 혹은 아티스트라고 불리는 직업군의 하나로 나라의 시스템을 적극 활용하여 성장할 수 있으며 꽃을 사랑하는 도시로 생활 속에 깊숙이 들어와 있다. 파리지앵들은 자신의 손으로 직접 테라스나 정원을 가꾸기도 하며 특별한 날이 아니더라도 장을 보듯 계절 꽃 한 다발을 사곤 한다.

유럽 최대 규모로 식자재와 꽃을 파는 파리의 헝지스^{Rungis} 시장은 사업자 카드를 갖고 있는 업체에 한해서 구매가 가능하다. 즉 우리나라 꽃 시장과 다르게 일반 소비자들은 구매가 불가하고 유통업자와 구매자 간의 조화가 잘 이루어져 있다. 도소매상과 구매자 간의 구조가 잘 잡혀 있어 자연스럽게 마진이 남게 되는 시스템이다.

이런 구조를 보며 누구나 꽃 시장에서 구매가 가능한 한국도 파리처럼 사업자들만을 위한 시장이 형성된다면 플로리스트의 역할도 훨씬 커지고 꽃을 디자인하는 가치와 노력을 소비자들이 더 알아주지 않을까 하는 생각이 들었다.

변화를 끌어내기 위한 업계 종사자들의 다양한 시도가 있었던 만큼 플로리스트가 일하기 좋은 한국의 시스템도 먼 미래의 이야기가 아닐 거라 기대해본다. 플로리스트의 역할이 조금 더 다양하고 친근해져 소비자들이 꽃과 조금 더 가까워지고 심신의 안정과 미적 욕구를 지니는 마음의 사치를 누리면 얼마나 좋을까.

사계절 내내 파리의 꽃 시장 헝지스에서는 계절 꽃을 만날 수 있다. 프랑스산 꽃들을 시작으로 네덜란드, 이탈리아, 그리고 아시아와 아프리카 등 여러 나라에서 수입되는 꽃들까지 종류를 헤아릴 수 없다. 호텔과 레스토랑에서는 매주 신선한 꽃을 배달받고, 마담들은 그날의 콘셉트와 기분에 따라 꽃을 골라 기분전환을 한다. 봄여름을 시작으로 가을까지 웨딩 촬영을 하기 위해 전 세계에서 모여드는 관광객들은 세상에서 가장 예쁜 웨딩 부케를 주문하고 겨울이 되면 연중 가장 큰 행사인 노엘(크리스마스)까지, 각종 행사와 파티를 위한 꽃 장식으로 파리는 1년 내내 꽃 내음이 난다.

프랑스는 꽃 냉장고를 사용하지 않는다. 가장 의아한 부분이었고 한국에서 오는 플로리스트들이 신기해하면서 부러워하는 점 가운데 하나이다. 그만큼 사입하는 꽃이 싱싱하다는 말이기도 하며, 회전율이 좋아 늘 새로운 꽃들을 주 3회씩 들여오는 매장이 많다는 것. 실내외 온도차가 심하지 않고 아주 춥지도, 덥지도 않은 파리의 날씨는 꽃들이 냉장고의 도움 없이도 잘 견뎌내준다는 말이기도 하다.

그 덕에 우리는 더 많은 꽃을 숍에 진열하고 고객에게 자연스럽게 꽃을 접할 기회를 선사한다. 더불어 우리는 숍 내부를 꽃으로 장식하는 즐거움을 사계절 내내 누린다. 향기에 이끌려 들어온 숍에서 손님들은 잠시나마 오감이 살아나는 경험을 하고, 즉석에서 꽃을 골라 눈앞에서 싱그럽게 엮어내는 플로리스트의 역할에 감사해한다.

꽃이 일상에 스며듦에 감사하고, 다양한 예술 활동을 펼치고 싶게 만드는 이곳에서 꽃을 만나게 되어 참 다행이다.

니스에서 열린 결혼식

파리 플로리스트 학교에 입학하던 그해 초가을, 플로리스트가 되고 처음으로 결혼식 부케 주문을 받았다. 나의 첫 결혼식 부케의 고객, 일본에서 알게 된 한불 커플이 니스에서 결혼식을 올리게 된 거다.

　그 둘의 결혼식 부케를 담당하게 된 건, 너무나 의미 있는 일이었다. 일본에서 일하며 알게 된 파트너사의 한국인 여직원. 미팅에서 다른 일본인들과 섞여 일본어를 계속 써오다 한국인인 걸 알고 단둘이 전화 업무를 볼 때 한국말로 말을 건넸다. 알고 보니 동갑이었던 우리는 밖에서도 만나 종종 밥을 먹으며 친하게 지냈고 마음이 잘 맞아 이내, 속마음을 터놓는 친구가 되었다.

　그리고 시간이 많이 지나, 이직을 위해 발버둥 치던 시기에 한 헤드헌터를 알게 되었다. 지원한 곳은 외국계 기업이었고 그 회사를 담당하던 헤드헌터는 이력서와 영어 지원 동기서를 들고 퇴근 후 도쿄역 근처의 한 카페에서 면담을 하자고 했다. 큰 키에 파란 눈, 신기하리만큼 또박또박 일어를 내뱉는 그를 보니 왠지 같은 처지의 이방인이라는 친근감이 들었다.

프랑스 니스 출신의 그는 교토에서 어학연수를 했고 취업과 동시에 도쿄로 왔다고 했다. 일본에서의 체류 기간은 고작 몇 년이 되지 않았지만 일에 있어서 야망이 가득한 야무진 친구였기에 앞으로 잘 부탁한다고 전하면서 무사히 면담을 마무리했다. 그렇게 만나 친해진 그는 언어에 굉장히 욕심이 많았고 일본어를 비롯해 한국어도 배우고 싶어 했다. 그래, 딱이다 싶어 나는 이 둘을 소개시켜주었다.

때마침 친구는 캐나다로 짧은 어학연수를 계획하고 있었고, 그는 프랑스인이지만 영어 실력자였으므로 이 둘이 원하는 언어 교환이 자연스럽게 이어질 거라는 판단이었다. 사실 내 속셈은 다른 데 있었지만, 그는 재빠르게 눈치챘었나보다. 오래지 않아 그의 적극적인 애정 공세로 둘은 커플이 되었고 그는 내가 곁에서 지켜본 가장 로맨틱한 프랑스인이 되었다. 그리고 여러 해를 지나 나는 프랑스로 유학을 오게 되었고, 프랑스에서 두 번째 해를 맞이한 두 사람은 니스에서 결혼식을 올렸다.

인연을 이어준 데에 대한 보답이었는지 내가 파리에 도착한 해, 친구는 파리에 사는 친한 일본인 '아이짱'을 소개시켜주었다. 친한 회사 동료이자 친구인데 파리로 넘어간 지 얼마 되지 않았다며 나와 잘 맞을 것 같다고 했다. 나를 오랫동안 봐온 그녀의 말처럼 아이짱과는 죽이 척척 맞았다. 함께 프랑스 지방과 포르투갈을 여행하기도 하고 사계절을 나며 많은 추억과 격려를 나눴다. 그 후 아이짱은 결국 비자 문제로 귀국하게 되었고, 다음 해 우린 다시 니스의 결혼식에서 재회했다.

이 조합을 한자리에서 만날 거라곤 상상도 못 했는데, 인연이란게 참으로 신기해서. 감회가 새로웠다.

학업과 일을 병행하던 학기 초반이라 꽃 시장에서 직접 사입할 겨를이 없어 사장님께 만들 부케의 색상과 종류를 전달하며 사입을 부탁드렸고, 센스 있는 사장님 덕분에 좋은 꽃들로 친구의 결혼식을 더 아름답게 장식할 수 있었다.

그리고 결혼식 날, 신랑과 교토에서 함께 일어 공부를 했던 프랑스 친구들을 알게 되었고 그중 유년 시절을 한국에서 보냈던, 파리 근교에 사는 한 친구와 언어 교환으로 친해져 지금까지도 그 우정을 이어오고 있다.

인연이 새로운 인연을 낳고, 에너지가 맞는 사람들끼리 모여 또 다른 시너지 효과를 낸다라는 말을 프랑스에 오면서 다시 실감했다. 내가 놓아준 다리 위에서 만나 니스에서 백년가약을 약속한 커플을 지켜보며 이토록 아름다운 인연의 시작에 내가 있었음에 참 뿌듯했다.

어쩌면 마담뚜의 자질이 있을지도 모른다. 세 커플의 결혼을 성사시키면 천국에 간다던데. 그럼 이제, 두 커플 남은 건가?

돌고 돌아 우리는 결국

프랑스 유학 전에 도쿄 고탄다 지점에 위치한 기업형 플라워 숍을 선택하기 전, 인터넷으로 도쿄에 위치한 많은 플라워 숍들을 뒤졌다. 심도 있는 디플롬 코스로 꽃을 배울 수 있는 곳들을 찾다 선택한 곳이 내가 배운 곳이었는데, 그때 후보로 올라와 있던 숍들 중 아이로니l'llony라고 하는 숍도 있었다. 바로 지금 내가 파리에서 점장으로 일하고 있는 곳이다.

그때 '타니구치 아츠시'라는 사장님 성함을 처음으로 알게 되었고 파리에 지점을 내기 위해 고군분투하고 있다는 그의 블로그를 보며 '이분 참 솔직하시네, 사장이라 무겁고 신비로운 이미지일 줄 알았는데 신기한 캐릭터다'라는 생각을 했던 기억이 난다. 그도 그럴 것이 파리 정착부터 지점을 내기까지의 희로애락을 숨김없이 기록하며 기존의 고객들과 같이 파리 지점 오픈을 만들어가는 느낌을 주었기 때문이다. 20여 년 전, 독학으로 꽃을 공부하여 일본에 이미 두 개의 지점을 냈고, 그의 섬세한 작업들을 좋아하는 수많은 팬들을 가진 성공한 플로리스트 사업가였다. 맨땅에 헤딩하는 도전을 한다는 게 꽤나 인상적이었다. 그리고 파리에 가게 된다면 꼭 한 번 만나고 싶다는 생각을 했다.

그로부터 시간이 한참 지나, 파리에서 함께 인턴을 했던 일본인 플로리스트 중 한 명이 아이로니 파리 지점 오픈 멤버로 일을 하다 귀국을 했고, 이런저런 인연으로 스치기만 하다 파리에서 BP 입학을 위해 숍을 찾던 중 정식으로 타니구치상과 대면했다. 그러나 2016년이었던 당시엔, 오픈한 지 얼마 되지 않아 정식으로 현지 채용을 할 여건이 되지 않아 죄송하다는 말을 들었다. 그로부터 2년 뒤 피베르디 코리아의 책임자 줄리아 선생님의 부탁으로 한국에서 온 피베르디 플라워 스쿨 학생들의 파리 플라워 워크숍을 진행하게 되었는데, 그때 선생님이 지목해주신 플로리스트가 바로 '타니구치 아츠시'였다.

당시엔 한국에서도 몇 번 워크숍을 하셔서 인지도가 있던 차였기에 내게도 의미 있는 시간이 될 것 같아 즐거운 마음으로 진행하였고 그 일을 계기로 타니구치상으로부터 스카우트 제의를 받았다.

일본에서 시작된 인연은, 2015년 파리와 앙제 그리고 다시 파리 6구 숍을 거쳐 14구 숍에서 취업을 하고 4년짜리 비자를 갱신한 2019년, 아이로니 숍으로 이직을 하게 되면서 우연히 결실을 맺었다.

아이로니 역시 내가 성장해온 것처럼 2015년 파리에 숍을

내고 5년이라는 시간 동안 많은 외부 행사와 결혼식, 그리고 글로벌한 인지도를 얻으며 꾸준히 성장해왔다. 더불어 일본 지점의 규모도 커지면서 매달 파리와 일본을 오가는 일정을 소화하지 않으면 안 되었기에 일본어를 구사하며 프랑스에서 꽃일을 한 경험이 있는 플로리스트를 늘 찾았다고 했다. 그리고 이력서를 들고 찾았던 2016년, 그날의 나를 사장님은 기억하고 계셨다.

반농담으로 그때의 애니에게는 간절함만 있었는데, 하시며 그때보다 훨씬 단단해진 내공이 보기 좋다고 했다. 어려운 유학 생활을 거치며 실력 있는 플로리스트로 성장한 내가 파리 지점의 자리를 잘 채워줄 것 같다고, 준비가 되면 오라며 내 자리를 비워놓고 이후 1년이 넘게 기다려주셨다.

이직을 떠나 참 감사한 일이 아닐 수 없었다. 미적 감각도 물론이거니와 대담함과 판단력, 20년간 플로리스트이자 사업가로서 늘 노력하며 항상 새로운 시도를 하는 그의 에너지가 궁금했기에 언젠가 한번 옆에서 그 노하우를 배우고 싶다는 생각을 갖고 있었으니 더욱 그랬다.

수많은 플로리스트들을 거치며, 아름다움의 기준이 플로리스트들마다 다르며 그에 따른 스타일도 확연한 차이를 지닌다는 것을 느꼈다. 즐겨 사용하는 소재와 컬러는 물론이거니와 꽃에 대한 철학과 플로리스트로서 성장해야 하는 방향성도 다 다르다. 하나 그 공통점이 있다면 그들 모두 꽃을 통해 사랑과 치유를 얻고 또 전달한다는 것이다.

그래서 그들의 스타일이 나와 일치하든 아니든, 프라이버시가 어떻든 늘 그런 마음과 철학을 배우는 것에 집중했다. 그것들이 모여 나만의 철학을 만들어낼 때 나를 오래도록 이 길에 붙잡아줄 열쇠가 될 것임을 확신했다.

지금의 숍은 '꽃은 그 자체로 아름다우니 플로리스트가 하는 일은 그 아름다운 텍스처를 살려 기분 좋은 하모니를 만들어주는 것', 그리고 '자연에서 온 꽃들을 그대로 자연으로 돌려주는 느낌으로 부케를 잡아야 한다'며, 꽃이 하는 이야기를 읽어내는 것이 우리의 역할임을 강조한다.

이 또한 나의 철학의 밑거름이 되고 있음에 감사하다. 어떤 디자인에도, 스타일에도 유행이 있고 그때마다 고객의 니즈needs는 빠르게 바뀌는 만큼 내 스타일을 가지는 게 중요함을, 경험이 쌓일수록 더 느낀다. 그리고 그 작업이 가장 어려우면서도 더 먼 곳을 보기 위한 중요한 일임을 동시에 깨닫는다.

일본에서부터 돌고 돌아 프랑스에서 만난 귀인들을 통해, 나의 프랑스 생활이 한층 더 의미 있어졌다. 만나야 할 사람들은 다 이어져 있고 어떠한 모습으로든 언젠가 다시 만나게 된다. 오늘도 이 넓디 넓은 프랑스에서 스치는 인연들 하나하나 소중히 하지 않을 수 없는 이유이다.

자연스러운 멋

에펠탑 그리고 파리지앵. 파리, 하면 제일 먼저 떠오르는 단어.
시크함의 대명사로 자리잡은 파리지앵과 파리지엔의 삶은 정
말 우리가 영화에서 보아 오던 것처럼 심플하면서도 자유롭고
멋스러울까, 파리에 오니 더 궁금해졌다.

　한동안 우아하고 당당하게 나이 들어가는 미레유 길리아
노의 《프랑스 여자는 늙지 않는다》라는 책이 유행했다. 그리
고 그 뒤를 잇듯 노구치 마사코의 《프랑스 여자는 80세에도 사
랑을 한다》도 많은 공감을 얻으며 우리가 궁금해 마지않는 시
크한 그녀들의 삶을 파리에 사는 작가의 시선으로 보여주었
다. 작가들도 욕심내 마지않던 프랑스 여자 그리고 파리지엔
이라는 단어가 주는 우아함과 당당함. 아름답고 자연스럽게
나이 들어가고 싶은 욕구는 시대를 불문하고 모두가 풀고 싶
은 숙제였으리라. 그리고 파리에 살며 느낀, 훔치고 싶은 그들
의 매력은 또렷하고 확실했다.

파리는 유행이라는 게 딱히 없다. 이번 시즌 유행할 아이템들은 죄다 파리 패션위크에서 건너오는 것 같은데 말이다.

파리지앵의 옷장에는 그레이와 검정으로 이루어진 몇 벌의 옷이 전부라는 이야기를 들은 적이 있다. 그들의 멋은 겉모습이 아닌 애티튜드attitude에서 나오며, 진정한 멋쟁이들은 본인에게 맞는 소품으로 개성을 표현할 줄 아는 사람이라고 말이다. 실제로 영화와 드라마에서 배우들이 입고 나오는 옷들은 소위 '완판'을 부를 만한 것들이 아닌 그 역할과 주인공에 맞는 수준이다. 우리가 상상하는 그런 멋쟁이들은 사실 마레 지구와 루브르가 위치한 파리 중심가에나 가야 만날 수 있다.

파리 중심지의 노천카페는 사실 커피 맛을 즐기러 간다기보다 광합성을 하러, 혹은 사람 구경하는 재미로 갈 때가 많다. 개성이 제각각인 파리지앵을 마주하기에 딱 좋은 곳이기 때문이다. 유행이 없는 만큼 스타일이 서로 겹치지 않으며 봄여름 가을 겨울 사계절에도 멋이 다 살아난다. 그게 액세서리가 되었든 머플러, 혹은 선글라스가 되었든 각각의 포인트 아이템으로 꾸민 듯 안 꾸민 듯한 멋이 추가된다. 심플하더라도 내게 잘 맞는 아이템과 디자인을 즐기면 그게 멋이 된다는 마인드에서 나오는 당당함은, 옷장을 열고 매일 입을 게 없다는 소리를 무색하게 만든다.

실제로 파리 학교에서 공부할 때 같은 반 학생 중 멋을 좀 낸다는 학생들은 나와 일본인 친구에게 관심을 두곤 했다. 유행하는 아이템과 메이크업에 관심이 많은 아시아인들의 풀세팅이 호기심을 자극했을까, 종종 "이런 옷과 아이템은 어디서 살 수 있냐, 이렇게 화장하는 데 걸리는 시간이 얼마냐, 오늘 스타일이 참 좋다" 등 한마디씩 던졌으니 유행을 신경 쓰지 않는 내추럴한 멋이 그들에겐 매우 익숙했을 것이다.

나도 학기 후반에 이르러서는 스니커즈에 에코백, 그리고 질끈 묶은 머리와 투명한 화장으로 등교하곤 했으니, 편하기도 편했지만 남의 시선에 구애받지 않는 내가 생각한 멋을 찾아가는 과정을 겪는 듯했다.

아이러니하지만 시크한 멋쟁이들이 많기로 유명한 파리에서는 그 흔한 피부과 병원 하나 찾기 힘들다. 골고루 잘 먹고 운동하며 땀을 흘리고 진한 색조 화장은 가급적 피하고 기초화장품에 조금 더 주의를 기울이는 일. 그게 보통의 그녀들이 일상에서 하는 전부다. 얼굴의 주름과 잡티에 신경 쓰고 피부과를 주기적으로 다니며 관리받는 파리지엔을 아직까지 주변에서 만난 적이 없다.

오히려 관리를 받아야 할 때는 어떻게 해야 하는지, 이곳에서 할 수 있는 건 마스크 팩 정도라고 아쉬움을 내비치면 그런 게 왜 필요한지 반문한다. 늙어가는 일은 자연스러운 일인데, 나이보다 어려 보이는 데 욕심을 낼 일이냐며 말이다.

나이 듦을 자연스러운 일로 받아들이는 것은 각자의 개성을 존중하며 타고난 성향과 자아를 사랑하는 데서부터 시작된다. 어쩌면 한 살이라도 어려보이고 싶고 예쁘게 늙고 싶다는 욕심이 앞서게 될 때 도리어 본연의 아름다움을 보지 못하고 어색하게 꾸며진 모습을 만들지도 모른다.

나를 아끼는 시간

에펠탑이 위치한 16구에 살 때는 헬스 클럽에 등록하지 않고 센강 주변을 마음껏 누리겠다는 마음으로 조깅을 했다.

쉬는 날, 빨래방에 빨랫감을 넣어 놓고 달리기 시작한다. 집에서 출발하여 6호선 파시 Passy 역을 지나 리어나도 디캐프리오 주연의 영화 〈인셉션〉 다리로도 유명한 비르하켐 다리 Le Pont de Bir-Hakeim를 건너 에펠탑을 찍고 반대편에 위치한 자유의 여신상을 돌아 다시 집으로 돌아온다.

5킬로미터 남짓한 거리는 순식간에 끝이 난다. 지겨울 틈 없이 시선을 고정시키는 풍경과 선선한 바람 그리고 적당히 내리쬐는 햇살은 왜 조깅을 하고 싶게 만드는 도시인가를 알려준다. 그러한 이유들을 포함해 파리 중심을 지나는 센강 주변으로 조깅하는 파리지앵들을 흔하게 볼 수 있다.

운동을 운동이라 생각하지 않고 일상의 일부, 활력을 찾는 재충전의 시간으로 보는 그들의 시각이 참 재미있다. 몸짱이 되려고, 날씬해야 하니까, 옷태가 나야 하니까 등 저마다 이유가 있겠지만 적어도 프랑스 여인들에게 운동이란 '나를 사랑하는 시간' 정도로 해석해둘 수 있다. 물론 개인차는 있겠지만 운동하는 모습을 과시하지도, 경쟁의식을 가지지도 않고 온전히 본인의 몸과 정신을 가다듬는 하나의 습관으로 유지한다.

주말 오전 혹은 저녁, 나를 위한 땀을 흘리고 좋은 사람들과 주말을 위해 준비한 와인과 음식을 놓고 밀린 화제를 나누며 천천히 음미하고 마시며 즐겁게 시간을 보내는 일. 목적 없는 다이어트보다는 건강하게 먹고 건강한 정신을 유지하는 일이 그들에겐 더 중요하다.

정답이 아니어도

이토록 감정에 충실하고 정직한 민족들을 본 적이 없었다. 프랑스로 넘어오기 전까지.

혁명의 후예들 아니랄까 봐, 프랑스인들은 자기 목소리를 내고 권리를 주장하는 것에 거침이 없다. 유년 시절부터 한 인격으로 존중받으며 어떤 가치관으로 성장해나갈 것인지에 대한 교육을 받아와서일까, 자신의 생각을 표현하는 것에 거침이 없고 그게 가정이든, 직장이든 학교든 성별과 나이에 관계없이 자유로이 생각의 차이를 나눈다. 때로는 본인이 가진 자유와 권리를 누려야 하는 당연함을 주장하는 그녀들의 자아가 바로 그녀들을 표현하는 멋인 것이다.

매일 안녕하세요Bonjour, 감사합니다Merci, 또 봐요au revoir라는 전형적인 'I'm fine, and you?' 같은 세트 인사말로 프랑스의 하루가 시작된다. 프랑스의 숍에서는 점원이든 고객이든 늘 인사가 먼저다. 언젠가 한번 다급한 상황에서 내 용건부터 말했더니 그곳 담당자가 "일단 봉주르가 먼저죠?"라고 반문을 해 올 정도이니. 얼굴이 붉어지며 아차, 싶었다. 인사는 그만큼 이 나라에서 중요하다.

인사도 하나의 의사소통과 감정 표현의 수단으로 여기는 게 어느 순간부터는 참 좋게 느껴졌다. 낯선 이에게도 인사가 자연스러우니, 말을 건네는 것도 감정을 표현하는 것도 솔직해질 수 있고 풍부한 오버액션도 때에 따라서는 오그라들지 않아 보였다.

숍에서 일을 할 때도 늘 느끼지만 프랑스어로 감정을 표현할 수 있는 짧은 형용사들은 정말이지 다양하다. 아주 좋아Super, 완벽해Parfait, 잘 알겠어Ça marche 등등 자주 쓰이는 단어들이 대화 속에 자연스럽게 녹아들면 양념을 첨가한 듯 더 기분 좋은 대화가 된다. 마치 건조한 대화에 윤기를 넣어주는 것만 같다. 특히나 내가 부케를 만들고 있을 때 나오는 감탄이라면 더욱. 오버액션에 어색한 아시아 문화권에서 살다 온 탓인지, 처음에는 그렇게 표현해내는 게 쉽지 않았다. 좋은 표현이든 나쁜 표현이든 말이다.

좋은 것을 숨기지 않고 표현하듯, 거절의 표현 혹은 컴플레인조차 정확하고 솔직하다. 'No'의 표현은 하는 사람도 받는 사람도 자연스러운 문화이며 상대의 눈치를 보지도, 나 자신의 눈치도 보지 않는, 하나의 인격으로 본인의 목소리를 잘 낼 수 있는 것이 자기를 표현하고 보호하는 문화다. 이것이야말로 겸손과 인내가 미덕이라고 배워온 내게 적지 않은 영향을 주었다. 언행을 통한 자기표현의 애티튜드를 파리지앵의 시선으로 배워보게 되었던 거다.

한번은 식당에서 주문을 하는데 옆 테이블 부부가 아이에게 '너는 뭘 먹고 싶어?' 하고 메뉴판을 건네며 아이들에게 직접 주문을 하도록 기회를 주는 것을 봤다. 디저트도 본인이 직접 골라 취향에 맞게 먹을 수 있도록 말이다. 그리고 아이들이 밥을 먹는 동안 부부는 아이들의 식사에 큰 관심을 두지 않았다. 마치 오랜만의 데이트를 하듯 부부의 대화가 연이어 이어질 뿐이었다. 아이들도 익숙한듯 예절을 지키며 음식을 음미하며 자리를 지켰다.

부모가 행복해야 아이들도 행복하다는 권리, 그리고 아이들도 하나의 인격체로 존중받아 취향을 선택할 권리를 간접적으로 느낀 자리였다.

우리나라에도 많이 소개되었던 '프랑스 아이들처럼 키우기', '프랑스 여자들처럼 나이 들어가기'라는 부분과 상관한다. 아이들은 어릴 때부터 수면과 식사 예절, 가사 등 스스로 하는 일들을 조금씩 늘려가며 가족 구성원으로 존중받는다.

본인이 어떻게 사회의 구성원으로 성장해갈지, 독립적인 존재로 1인분의 몫을 어떻게 해나갈지 유년 시절부터 준비할 수 있는 시간을 충분히 가지도록 배려한다.

\\\

파리지앵의 솔직함은 자유로움을 대변한다. 그리고 다른 이들의 시선을 신경 쓰지 않는 태도가 기본적으로 깔려 있어 더 쿨하다는 인식이 있을지도 모른다. 길을 가다가도 불합리한 상황을 마주하면 거침없이 참견하여 의견을 낸다. 상대가 누가 되었든 정치와 철학, 예술과 문화를 시작으로 주제를 막론하고 본인의 의견과 감정을 전달하는 것에 익숙하다. 그것이 내 존재를 각인시키는 방법이고 가장 나답게 살아가기 위한 방법임을 오랜 역사로부터 물려받았을 것이다. 이 감정선 뚜렷하고 남을 의식하지 않는 표현 방식은 '눈치 문화'에서 자라온 내게 부러움과 충격을 동시에 안겨주었다.

세상엔 다양한 가치관의 사람들이 있다. '틀린 것'이 아니라 '다른 것'이 존재할 뿐이다. 함께 다양한 모습으로 공존하는 세상일진대 내가 자라온 문화는 때로 개개인의 개성보다 전체의 조화를 더 중요시했다. 정답만을 이야기해야 할 것 같은 엄숙한 분위기에서 말이다. 적막을 깨고 목소리를 내야 되는 순간, 내 입에서 나온 말이 곧 정답이었으면 하는 바람이 있었다. 용기를 낸 자아가 창피를 겪지 않았으면 했다.

그런데, 이곳은 달랐다. 화를 낸다고 오해할 만큼 침 튀기며 의견을 토하던 동료는 그저 본인의 생각을 논리적으로 설명하고자 했을 뿐이고, 떼쓰는 것처럼 보이는 사람들은 당당하게 본인의 의견에, 그리고 감정에 충실했을 뿐이었으니까.

선명한 개인주의와 자유를 향한 외침이 불편할 때도 더러 있었지만 남들이 무엇을 입고 먹는지, 이목을 신경 쓰기보다 본인의 행복에 초점이 맞추어진 행동에 만족하며 살아가는 게 그들 고유의 방식이었다.

\\\

참 다른 사랑 방정식

프랑스어 공부에 한창 집중하던 시절 프랑스어 자막이 나오는 프랑스 영화를 즐겨 봤다. 잘 이해하지 못했던 그들의 문화와, 연애 사정을 영화를 통해 읽어내는 재미는 누군가의 일기장을 훔쳐보듯 흥미로웠다.

사랑 앞에서 당당하고 평등해지려는 프랑스 여자들에게 휴대폰을 만지작거리다 밤에 잠 못 이루고 '자니?' 한 마디를 던진 뒤 이불 킥 하는 일 따윈 쉽게 찾아볼 수 없다. 가능한 한 모든 것은 스스로 알아서 하는 교육을 받아온 그녀들에게 여자의 연약함은 익숙하지 않은 개념이며 흔히 우리가 생각하는 애교의 몸짓은 그래서 더 현실에서 만나기 힘들다. 그 때문인지 아시아에선 친숙한 편인 전형화된 애교가 프랑스에서는 물음표가 따라오는 행동이기도 하다.

또 흔히 개그 소재로 쓰이곤 하는 '자기야, 삐졌어?', '아니'라고 오가는 커플 사이의 대화 중 함축된 의미를 품은 이 '아니'의 언어가 이곳엔 없다. 토라지는 문화 자체가 없으니 이런 대화를 잘 찾아볼 수도 없지만 설사 그렇다 하더라도 프랑스 여자들은 '싫으면 싫고 좋으면 좋은' 명확한 언어를 내뱉는다.

　프랑스 남자와 연애하는 친구들의 푸념을 듣다 보면 공통점은 사랑하는 사이지만 희생을 강요하지 않고, 서로를 있는 그대로 인정해주길 바란다는 점이다. 예를 들어, 식당에서 밥을 먹을 때도 우리는 '서로 다른 걸 시켜서 나눠 먹자'가 자연스럽다면 프랑스는 각자 먹고 싶은 것을 시켜 먹는다. 설령 그게 같은 메뉴라 할지라도. 또 애인이 있더라도 개인 시간을 위한 투자는 당연하며 혼자 하는 여행도 전혀 이상할 게 없다. 상대방의 취향에 맞추어야 할 필요도 그래야 한다는 강요도 없다. 내가 원하지 않는다면 말이다.

　사랑에 빠진 친구들의 이야기를 들어보면, 이런 사소한 것들이 쌓여 섭섭함을 느꼈지만 문화적 차이였음을 후에 자연스레 알게 되었다고. 이방인으로 매번 부딪히는 프랑스의 벽에서 원어민인 애인의 힘을 빌리려고 부탁하면 흔쾌히 도와주긴 했으나 강해지기 위해 스스로 할 수 있는 데까지 해보라는 말이 늘 먼저라고 했다. 본인이 하고 싶은 게 있으면 해야 했고 상대가 하고 싶은 게 본인의 취향과 다르더라도 늘 존중해주는 것 역시 그들의 특징이라 할 만했다. 마음에 들지 않는 부분을 고쳐달라고 거론하지는 않지만 마음에 드는 부분이 있으면 칭찬을 아끼지 않는 그들의 스스럼없는 표현력이 좋다고 했다.

　그러나 반대로 자신이 마음에 들지 않았던 부분을 지적받았다는 생각이 들면 "나는 너의 아들이 아니고 남자 친구야,

\\\

우린 틀린 게 아니고 다른 것일 뿐, 있는 그대로 받아들여야
해"라고 피력하는 그들.

그리고 몇몇 프랑스 친구들을 통해서 느낀 또 하나의 사실
은, 파티에 초대받아 참석하거든 '절대 애인의 손길을 기대하
지 말아라'였다. 파티 문화가 발달한 이 나라, 특히 파리에서
는 모르는 사람들이 섞인 파티에서 존재를 어필하고, 알아서
분위기를 즐기며 친해지는 건 순전히 자기 몫이기 때문이었
다. 낯선 사람들과의 어색한 대화도, 커플이 아닌 사람들과의
어정쩡한 댄스도, 함께 참석한 파티지만 나는 당당히 초대받
아 온 한 사람으로 '알아서' 즐겨야 하는 게 원칙이었다. 한 세
트처럼 파티를 즐길 줄 알고 따라간 애인의 속도 모른 채 멀리
서 지켜보며 안전한지, 잘 즐기고 있는지 살핀 후 먼저 도움을
청하지 않으면 안심하고 군중 속에 애인을 놔두는 그들. 그걸
모르고 겨우 버티다 파티 장소를 벗어나면서, 섭섭함을 드러
내고 토라졌다가는 도무지 이해할 수 없는 이상한 사람이 될
지도 모른다.

물론 모두가 그렇다고 단정 지을 순 없다. 다만 일반적으
로 내면에 깔린 개인주의가 연애에도 적용된다는 말이다. 결
혼을 해도 식성이 다른 친구 부부는 메뉴가 겹칠 때 말고는 각
자 알아서 차려 먹는 게 익숙하다고 했다. 그것 또한 취향의 존
중이다. 사랑하는 사이라 하더라도 꼭 같은 것을 나누어 먹어
야 할 필요는 없으니까. 늘 같은 것을 먹고 함께 감탄하며 그

맛을 공유해야 사랑이라 말할 수 있는 건 아니니까 말이다.

　간혹 애인의 쿨한 면을 좋아하다가도 애정이 덜 느껴진다고 생각한 한 친구는 '흥' 하고 삐져도 봤다지만 말로 콕 집어 전달할 때까지 그는 친구의 속을 눈치채지 못했다고 한다. 그리고 마음을 풀지 않고 있던 친구에게 남자 친구는 "너는 왜 매일 화가 나 있어?"라고 천연덕스럽게 질문했다고 하니 확실히 연애 방식이 다른 건 맞는 것 같다.

　그렇다고 파리지앵들이 항상 쿨하거나, 차가운 개인주의인 것은 아니다. 사랑을 표현할 때에는 지구에 그 둘만 남은 것처럼 사랑하기 때문이다. 영화에서 튀어나온 주인공인 양 달콤한 말과 손길, 그리고 눈빛으로 아껴주는 게 프랑스 남자들이다. 기념일이 아니라도 불쑥 꽃다발을 사서 안겨주기도 하며, 요리와 가사를 도와주는 자상함도 장착하고 있다. 도도하고 쿨하면서도 당근을 적재적소에 던져주는 모습이 얼핏 나쁜 남자 같기도 하지만, 계산된 행동이라기보다 이런 문화 속에서 성장한 그들만의 자연스러운 습관 같은 거다. 물론, 사랑이 밥 먹여주는 줄 아는 나쁜 인간도 많으니 조심해야 한다. 특히 아시아인을 노리는 찌질한 프렌치들 말이다.

　80세에도 멋을 부리는 파리지엔들은 스스로 늘 여자이길 원하며 타인과 사랑을 주고받기를 원한다. 자식을 위해 희생해야 하는 삶이 아닌 내가 우선 행복해야 자식에게 좋은 기운을 전해줄 수 있다고 생각하는 그녀들은 육아 중에도 늘 본인

의 삶을 들여다본다. 남편과 얼마나 서로를 이성으로 아끼고 있는지 확인하는 데 망설임이 없다. 아이들을 맡겨두고 정기적으로 둘만의 데이트를 하며 서로가 누군가의 엄마 아빠이기 전에 사랑하는 사이임을 늘 상기시키며 '사랑의 관계'를 이어간다.

그리고 아이들은 사랑이 얼마나 아름답고 필요한 일인지 배우면서 자란다. 홀로 아이를 키우며 사는 파리지앵들은 언제든 사랑할 준비를 하며 짝을 찾는다. 미혼 남녀들은 상대에게 자식이 있건 나이가 많건 조건이 어떻건 고민에 매여 있지 않고 '그녀와 나'에 집중하는 경향이 진하다. 프랑스 대통령 마크롱의 연애 사정에 전 세계도 놀라지 않았던가! 그만큼, 이 나라는 사랑을 하며 온전히 나에게 집중하는 시간들을 충분히 즐긴다.

또한 그들은 'Yes'와 'No' 대답 앞에서 'Why'라는 질문을 늘 던지고 받으며 성장한다. 그리고 정답을 막론하고 본인의 생각을 함께 곁들인다. 답을 뒤에 숨겨두고 맞추면 사탕을 상여하는 교육 환경에서 자라온 내게 많은 공감을 불러일으키는 동시에 부러운 교육 방식이다. 그래서 아이들을 이런 예술 감각과 창의성이 넘치는 곳에서 자라나게 하면 어떨까 생각해왔다. 내가 보고 경험한 것들의 장단점을 미래의 자식들에게 그대로 물려주고 싶다는 생각이 10년간의 해외살이로 나를 이끌었는지도 모르겠다.

사랑하는 방식에 있어서도, 자신을 사랑하고 있는 그대로 타인을 사랑할 수 있도록 각자의 다름을 인정하는 법을 알려주고 싶다. 어떤 것이든 양면성은 늘 존재하고 정답이 없으니 문화에서 비롯된 멋은 나라마다 다르며 추구하는 가치도 다를 수밖에 없지만 적어도 프랑스에 살고 있는 지금, 멋에 대한 여러 가지 가치관이 바뀐 건 부인하기 어렵다. 나 자신을 가장 많이 아껴주고 사랑해줄 것, 내가 행복해야 나의 사랑도 그리고 가족도 행복할 거라는 믿음이 스스로 가꾸고 싶은 멋이 되었다.

고물고물 벼룩시장

파리에서 친하게 지내던 아이짱이 약속 장소에 못 보던 롱 코트를 입고 나타났다. 헌칠한 키의 그녀에게 딱 어울리는 핏의 진녹색 코트. 짠! 하며 라벨을 보여주는데 명품이다. 그러고는 얼마에 주고 샀는지 맞추어보라며 한껏 궁금하게 만들더니 이내 신이 나 내 대답을 듣기도 전에 말해준다. 자주 가던 빈티지 숍에서 착한 가격과 핏에 첫눈에 반해 망설임 없이 샀다며 무척 마음에 들어 했다.

　정말로 파리에는 빈티지 숍이 많고, 발품을 팔면 꽤 괜찮은 멋쟁이가 될 수 있는 제품들이 상당하다. 빈티지와 고물古物을 사랑하는 프랑스인들에게야 일상일 테지만 내게는 낯선 문화였다. 일본에서부터 빈티지를 사랑해온 아이짱의 전유물을 보니 저렴한 비용으로 희귀한 물건들을 발굴하는 재미가 있는 빈티지를 나도 애용해볼까 하는 마음이 들었지만 그 후로 딱히 접시와 찻잔 이외에 이렇다 할 빈티지 소품을 새 식구로 맞이하지 못했다.

파리에 와서 알았지만 유럽은 빈티지 시장이 꽤 크다. 그리고 파리만 해도 여행자들에게 꽤나 사랑받는 '3대 벼룩시장'이라는 관광 코스를 가지고 있으며 주말이 되면 벼룩시장 구경을 취미로 삼는 파리지앵들은 벼룩시장 안내 사이트에 소개되는 여러 동네의 벼룩시장으로 발품을 팔아 나선다.

프랑스인과 결혼한 일본인 친구 케이코 역시 오래된 것들을 참 사랑하는 친구인데 이 부부의 취미 생활은 바로 두 살 난 아이와 함께 주말 하루, 벼룩시장을 돌며 구경하는 것이다.

집 안 대부분의 인테리어는 벼룩시장에서 산 유서 깊은 물건들로 채워져 있고, 심지어 상태가 좋아 조부모에게 물려받은 것이라 착각할 정도다. 케이코는 학생 시절부터 빈티지를 사랑했고 신상품보다 오리지널리티가 있다고 생각했다고 한다. 감각이 있는 친구라 그녀의 코디를 보고 있자면 나까지 슬쩍 빈티지 사랑에 합류하고 싶어진다. 빈티지 쇼핑 노하우가 궁금하다고 하니, 우스갯소리로 지인들을 모아 빈티지 투어를 한번 하겠단다.

한국에서 빈티지를 많이 접해 보지 못했고 일본으로 넘어가서야 '빈티지 시장이 제법 크구나' 깨달았다면 파리는 내게 오래된 것들이 주는 가치를 재발견하게 해주었다. 이사를 다니면서 몇몇 옷가지들을 헐값에 팔아넘기며 빈티지를 응원하는 정도였지만 파리는 한 수 달랐다. 손때 묻은 가구를, 남이 쓰던 것을, 누가 입었을지도 모르는 걸 어떻게 다시 사용하지?

하며 주춤하게 만들었던 내게, 고전과 현대의 조화가 잘 이루어진 빈티지의 매력을 알려주었다.

구식 건물이 많은 탓에, 그리고 유행이 없는 파리라 그런 것들이 더 가치를 얻는지도 모르겠다. 어릴 때 시골 할머니 댁에 놀러가면 보이는 촌스럽기 짝이 없던 가구들과 생활용품들이 나이가 들어서일까, 해외 생활을 오래 하며 내 미의 기준이 바뀐 걸까. 다르게 보인다. 편하고 예쁜 것들에 밀려 사라져가는 가치 있는 오래된 물건들을 소장하고 싶어지는 마음이 들기 시작했다. 일본에 사는 한불韓佛 커플 친구네 집에 일본에서는 구하기 어려웠을 법한 한국 자개장이 있기에 어디서 났느냐고 물었더니 해외 판매 사이트에서 시간과 비용을 들여 마련했단다. 이야기가 담긴 취향에 맞는 빈티지를 하나씩 공들여 모아가는 친구 부부의 취미가 참 좋아 보였다.

물론 빈티지는 취향의 문제라, 그 취향을 공유하지 않는 프랑스 사람들도 있지만 적어도 이 나라 그리고 유럽을 돌아보며 받는 느낌은 그랬다. 오랜 역사와 더불어 몇백 년에 걸쳐 깨끗하고 소중하게 보존해온 유산들을 자랑스러워하는 국민성에서 비롯되지 않았을까 하고.

지난여름 베를린 여행 때, 마우어 파크Mauer park에서 열린 벼룩시장에 방문했을 때도 그랬다. 넓은 공터에서 열린 빈티지 시장은 마치 거대한 축제 같아 충격적이면서도 부러운 문화였다. 빈티지 노점상을 비롯한 청년 기업들이 참여한 제품, 푸드

트럭까지 다양한 볼거리가 마련된 그곳에서 나는 빈티지 크리스털 화병을 하나 건졌고 친구는 20유로도 되지 않는 진갈색의 가죽 재킷을 득템했다. 어디 베를린뿐인가, 런던과 이탈리아 등 유럽 어디서든 흔히 볼 수 있는 벼룩시장은 현지인은 물론이거니와 여행자에게도 사랑받는 하나의 문화로 자리 잡았으니 이렇게 사방에 널린 오래된 것들이 전하는 가치를 자연스레 후손에게 물려줄 수 있었겠구나 싶었다.

완벽히 정착할 곳이 정해지지 않았다는 생각에 큰 물건을 들이진 못해도 내 취향에 꼭 맞는 물건들을 발견할 때면 하나씩 사 모은다. 최근 파리를 여행 온 친구에게 파리 3대 벼룩시장 중 하나인 '방브 벼룩시장'을 구경시켜주다 첫눈에 반해 데려온 리모주 찻잔과 찻주전자가 그랬다. 18세기 리모주 지방에서 만들어져 도자기로 유명한 이 브랜드의 제품을 방브에서는 쉽게 만날 수 있다. 물론 그중에서도 레벨은 다양하지만 평범한 제품마저도 같은 디자인과 수량을 구하기 힘들다는 사실은 매력적이다.

삐걱거리는 목재 마루, 높은 천장을 타고 달그락달그락 울려 퍼지는 식기 부딪히는 소리, 쨍하고 맞대어진 여럿의 크리스털 와인잔 안으로 찰랑거리는 로제 와인. 부드럽게 길이 든 가죽 소파 위로 어슬렁어슬렁 걸어와 하품하며 자리 잡는 고양이. 그리고 오늘 밤엔 절대 꺼지지 않을 것 같은 금장 촛대 위 양초.

이제 내 머릿속 파리엔 자연스럽게 빈티지가 자리한다. 지나치게 번쩍거리지 않아 좋다. 무명작가의 오래된, 그러나 취향에 꼭 맞는 그림을 하나 발견해 거실에 걸어두고 매일 쳐다보는 행복일지도 모른다. 파리에서 알게 된 빈티지는 시대를 거쳐도 기품 있는, 남몰래 묻혀 있는 보석 같아 어린 시절의 호기심을 자극한다.

프랑스에 오길 잘했다

서른이 넘어 프랑스라는 나라에 처음 관심을 갖게 되었다.

일본에서 프랑스인 상사와 일을 할 때도, 그리고 프랑스인 친구가 영어와 일어를 쓰다 프랑스어를 쓰면 참 낯설던 그 시절에도 나는 '봉주르' 한 마디조차 관심이 없었다.

인생이 참 아이러니하다. 먼바다를 항해하는 배에 올라탄 것처럼. 항해 목표를 다 짜놓고도 예상치 못한 난관에서 우회한다. 그리고 조금 멀리 돌아가는 과정에서 예정에 없던 희로애락을 맛본다. 20대 중반 내가 선택한 길 위에서 30대를 위한 또 다른 선택을 하기까지 계획에 없던 일들로만 채워졌다. 그 선택 뒤에는 희생과 포기해야 할 것들이 사은품처럼 꼭 따라왔다.

프랑스행을 택하면서 얻은 만큼 놓아주어야 했던 것들이 당연히 존재했다. 나를 보호해주던 인연들과 편하고 안정된 생활을 떠나, 낯선 곳에서 혼자가 됐다. 학생이 되어 새로운 것을 채워 넣는 것과 비례하여 잔고는 줄어든다. 한 해 한 해 쌓은 커리어에 걸맞은 명함을 만드는 대신 낯선 문화를 배우고 세상이 넓다는 것을 깨닫는다. 다시는 오지 않을 오늘을 충실히 보내며 프랑스에서 지낼 수 있는 행운에 감사하다가도 어느 날은 쉬이 잡히지 않는 성취감에 불안해지기도 한다. 즐겨 신던 힐보다 걷기 좋은 운동화를 신고 학교 갈 때면 대학생이 된 기분을 느끼다가도 개수를 헤아려 초를 꽂는 생일이 되면 벌써 이만큼 나이를 먹었구나 싶은 마음에 다급해진다. 그나마 만으로 나이를 세는 외국이라 다행이라고 생각하면서도 그랬다.

그래도 여전히 후회하지 않는 유일하게 잘한 일, 나는 돈으로 절대 살 수 없는 경험을 얻었다. 일본을 떠나면서 생각했다. 떠나게 될 줄 미리 알았더라면 조금 덜 열심히 살았어도 되었을 텐데 하고 말이다. 20대 중후반 그 어렸던 나이에 무엇이 그토록 간절했던지. 같은 아시아권이었지만 이방인으로 서럽지 않게 살고 싶은 마음이 나를 조급하게 만들었을까. 일본에 스며들기 위해 매진했던 그 시절, 현지인 같은 발음을 내고 싶어 녹음기에 목소리를 녹음해 고쳐가며 열성적으로 그들의 문화를 눈여겨보았다.

언어란 단순히 말이 통해서 '잘한다'라고 말할 수 없기에 내가 할 수 있는 역량을 다해 다양한 것들을 채워 넣으려 애썼다. 그리고 그 과정을 되풀이해야 하는 새 나라로 오면서 설레는 한편 그만큼 해낼 수 있을까 하는 막연한 불안감도 있었다.

\\\

프랑스어로 말하고 프랑스어를 쓰는 사람들처럼 사고한다는 것은 생각보다 쉽지 않았지만 지난한 과정을 거쳐 이제는 내게 많은 영감을 주고 나를 표현할 수 있는 또 다른 언어가 되었다. 그리고 더는 쓸모없을 줄 알았던, 일본에서 살다 온 경험으로 얻은 기회가 참 많았다. 일본인 플로리스트 친구들을 통해 많은 정보와 넓은 인맥을 얻게 되었고 돌고 돌아 일본인 플로리스트와의 인연으로 그의 세번째 숍이 위치한 파리에서, 나의 또 다른 이야기를 만들어가고 있다.

지나고 보면 쓸모없는 경험은 아무것도 없었다. 그때의 나를 거쳐 지금의 내가 있듯 지나온 모든 순간들에는 나름의 이유가 있었다. 언젠가 프랑스를 떠난다 하더라도 몸과 머리가 기억할 언어는 어디에 정착하여 살든 내 넉넉한 재산이 되어줄 것이다. 외국어를 한다는 건 할 수 있는 일의 저변이 넓어진다는 말이자 더 다채로운 방법으로 자신을 표현할 수단이 생겼다는 뜻이기 때문이다.

다른 문화를 경험하며 여러 사건 사고들을 겪고, 또 여러 사람들을 통해 이해의 폭을 넓혔다. 경우의 수가 수도 없이 쏟아지는 이곳에서 제정신으로 멘털을 붙잡고 살기 위해 '그럴 수도 있겠다'는 침착함과 여유가 본능적으로 생겼다. 일희일비—喜—悲하지 않게 되었다. 좋은 일을 아이처럼 기뻐할 수 있는 일을 제외하고는 눈앞에 벌어진 대부분의 상황을 객관적으로 이해하려 했다. 세금 폭탄, 비자 태클, 집 누수 사건, 믿었던 사람과의 이별, 인종차별, 악덕 갑질 피해 등등 패닉의 순간을 수 없이 경험한 후 얻게 된, 나를 지키는 방법 중 하나가 되었다.

늘 예외가 존재하는 프랑스라는 나라에 정 붙이고 살기 위해서 불가피했던 것들, 나를 잃지 않기 위해 기회비용에 대한 정리를 하며 과거보다는 현실에, 때론 현실보다 조금 앞선 미래에 집중했다. 프랑스라는 나라에 와서야 비로소 내가 완성되어가고 있는 느낌이다.

사람 공부는 덤

조금 서글퍼질지도 모르겠다.

일희일비하지 않게 된 것도, 사람을 가려 사귈 줄 알게 된 것도 덥석 낯선 이를 믿지 않게 된 것도 혼자 낯선 땅에서 버티기 위한 몸부림의 결과라고 하면 말이다.

플로리스트 인턴 시절, 질투 많은 직원으로 인해 마음 상하는 일이 있었다. 기분이 하루에도 수십 번씩 왔다 갔다 하는 그녀와 함께 일하는 날이면 나까지 예민해지기 일쑤였다. 2주 남짓한 인턴이라 할 수 있는 일의 범위는 크지는 않았지만 내 숍처럼 최선을 다했다.

그러던 어느 날, 직원들 모두 고객 응대를 하고 있던 찰나 웨이팅이 걸렸고 "무엇을 도와드릴까요?"로 나의 응대가 시작되었다. 아무리 직원과 고객 간 관계가 쿨한 프랑스라도 최소한 인사는 건네고 기다리게 하는 게 예의 아닌가 싶어 고객에게 더 다가가려던 찰나, 예민한 그 직원이 멀리서 소리쳤다.

"고객님, 제가 이 고객님 응대하고 바로 갈게요, 그 친구는 인턴이라서요."

　뭐, 그럴 수 있다. 인턴이 추천한 꽃으로 고객이 꽃을 골랐다 하더라도 결국에는 마지막 서비스를 하는 직원이 예쁘다고 생각하는 조합으로 다시 꽃을 추천해 부케를 만들게 될지도 모르니, 불필요한 노동의 과정을 생략한다고 여기며 넘겼다. 그런데 고객이 나간 뒤 그 직원이 슬쩍 다가와 말을 건넸다. 고객 환영하는 건 좋은데 너한테 응대하라고 시키지는 않았으니 그건 안 해도 된다고.

　'아, 그러니까 시키는 것만 잘해, 인턴'이라는 말 같은데, 반박할 말이 떠오르지 않았다. 처음으로 면전에서 당한 직장 내 오묘한 인종차별 같았지만 실제로 그곳은 파리 플로리스트 학생인 프랑스인 친구도 부케를 함부로 잡지 못하게 하는 곳이었기 때문에 포커페이스로 넘기는 수밖에 없었다.

　나름 부촌에 위치한 유명한 숍이었고 판매되는 부케는 평균 1백 유로 단위였다. 그러나 찾아오는 고객들이 최상의 응대를 바란다고 한들 인턴의 사기를 굳이 그렇게까지 말을 덧붙이며 꺾어야 했을까. 참 야속했다. 그날 잠자리에 들 때까지 서러움이 가시질 않았고 꼭, 파리의 플로리스트가 되리라 다짐했다.

　다행히 유독 여우 같던 그녀를 제외한 모든 직원들은 친절했고 무사히 인턴을 마쳤다. 그리고 파리 플로리스트 학교에 입학하고 알았다. 같은 반 친구가 그 당시 숍에서 친절했던 한 직원과 절친한 사이였다. 사정을 들어보니 그 여우 같던 직원은 당시 사장님의 총애를 받고 있어 호기를 부렸던 거라고. 그리고 후에 사장님과의 관계가 틀어져 숍을 나왔고 다른 직원도 시기가 맞아 같이 퇴사를 하면서 오히려 그 덕에 둘의 사이는 개선되었다 전하며 짧은 기간 인턴이었던 너도 마음고생이 심했겠다며 울분이 가시지 않은 나를 토닥여주었다.

결국 인연은 엉키고 풀리다 다시 만나게 되어 있고, 타이밍에 따라 좋게 이어질 수 있는데 왜 우리는 더러 관계에 무모한 힘을 줘야 하는 걸까.

프랑스에 와서, 사람 공부를 참 많이 한 것 같다. 그걸 전공하러 유학 왔나 싶을 정도로 달콤하고도 아찔했던 순간들이 참 많았다. 워낙 다양한 인종과 가치관이 섞인 나라이기도 하지만 부딪히는 모든 일에서 약자일 수밖에 없는 이방인이었고 혼자라도 괜찮아지기 위해 배워야 했던 숙제 같은 거였다.

15구로 이사를 할 때도 예외는 아니었다. 집주인과 직접 계약하는 집을 찾은 건 부동산 수수료를 아껴보자는 심산도 있었지만 까다롭게 보증인의 조건을 따지는 집주인들이 워낙 많았고 부동산에서 소개하는 물건들은 후보 세입자들이 넘쳐 경쟁이 어마어마했다. 다행히 친구 남편의 인심덕에 빵빵한 보증인은 구해졌지만 역시나 다른 후보들에게 밀리기를 밥 먹듯이 했고 그러던 중 발견한 집이었다.

그 당시 비자 갱신 기간이라 체류증 승인을 기다리는 중이었고 임시 체류증이 있었기 때문에 서류상 계약에 아무런 문제가 없었다. 그러나, 그때부터였던 것 같다. 집주인이 장사꾼이 되기 시작한 건 말이다.

체류증이 나오면 정식으로 장기 계약을 하겠다며 그전까지는 한 달씩 계약, 그리고 집세는 현금으로 받았으면 했다. 현금 거래가 번거롭긴 했지만 영수증만 챙겨준다면 상관없었다. 그러나 집주인은 조건을 하나 더 달았다. 에타데리외État des lieux라고 하는 집 상태 확인 서류를 한 장씩 나눠 가져야 하는데 비자가 나오고 정식 계약할 때 주겠다는 거다. 대신 집 사진과 비디오는 찍어놔도 된다는 말로 나를 안심시켰다. 퇴실 시 보증금을 떼이지 않으려면 꼼꼼하게 증거를 남겨 놓아야 한다는 지인들의 조언에 따라 열심히 증거를 남겼다. 그리고 미심쩍어하는 나를 위해 본인 신분증과 알로카시옹Allocation이라고 하는 국가 주택 보조금 신청을 위한 서류도 작성해주었다. 그렇게 이사를 무사히 마쳤는데, 살면서 하나씩 고장난 부분들이 나오는 거다.

바꿔달라고, 새로 교환해달라고 말하는 사이 한 달이 지났고 월세를 내는 날, 그는 나를 자기 동네에 위치한 카페로 불러냈다. 그곳에서 다음 달 월세 계약서를 작성해주었고 그에 따라 선월세를 주었는데, 영수증을 주지 않는 것이다. 응? 싫었지만 침착하게 설명했다. 처음에 현금으로 지불하겠다고 했을 때 영수증을 적어준다고 하지 않으셨냐고. 공식적인 서류가 아니어도 좋다. 집주인과 세입자 사이의 거래를 확인할 수 있는 간단한 사인 정도면 된다고.

그 말이 끝남과 동시에 노후를 혼자 준비하기 위해 젊은 세입자들에게 좋은 조건으로 집을 빌려주고 있다고 미소를 짓던 할아버지는 온데간데없고 갑질로 주머니를 채우는 고약한 사람이 답을 한다.

"나는 보증금에 관해서만 영수증을 써준다고 했다, 이미 너는 날 의심하며 월세를 낸 영수증 운운하는데 난 여러 채의 집으로 이 사업만 오래 했다, 날 의심하는 세입자는 필요 없다, 불안하면 당장 이사 가도 좋다"라고 으름장을 놓는 게 아닌가.

그는 처음부터 자신에게 유리한 조건으로 이끌 심산이었을지도 모른다. 그리고 뻔히 알고 있었다. 을인 내가 결국 질 게임이라는 것을.

설마설마하고 시나리오만 써봤던 신들이 실제로 내 눈앞에 놓이니 억울하고 분했다. 매달 쓰고 있는 이 집 계약도, 현금으로 수령했다는 증거가 남지 않는 월세도 시간이 지나 퇴실할 때면 내 발목을 잡을 것 같았다. 갑이 원한다면 발뺌하며 뱉어내라고 할지도 모르는 일 아닌가? 유학생 주머니를 털어본 맛을 아는, 배포가 작은 찌질한 악질 갑일지도 모른다.

집주인이 다른 곳을 보는 사이 휴대폰을 가방 속에서 찾았다. 만약을 대비해 녹음이라도 할 심산이었다. 범죄도 아닌데

손은 떨리고 음성 기능을 찾아 시작 키를 누르는 그 시간이 슬로우 모션처럼 더디게 가는 사이 집주인의 시선이 내 손끝에 가 멈췄다.

"너 뭐 해? 휴대폰은 왜 자꾸 만지는 거야?"

"아니…… 급하게 연락이 자꾸 오길래 그런 거야, 우리 얘기 어디까지 했지?"

결국 녹음에 실패했다. 방법은 하나다. 나도 강력하게 밀고 나가는 수밖에. 계약서에 뻔히 월세 금액도 적혀 있는데 수령했다는 사인 하나 해주는 게 그리 어려운지 억울해서 조목조목 따지자 그도 열이 받은 듯했다.

그래, 나 같은 세입자는 없었겠지. 코 묻은 돈 떼어 먹힐까 눈에 불을 켜고 버틸 외국인 학생인 줄은 몰랐겠지. 이사할 집을 못 찾아 쩔쩔매는 다루기 쉬운, 프랑스 법도 잘 모르는 학생으로 보였으니 다른 깐깐한 프랑스인 세입자보다 대하기 수월할 거라 생각했는지도 모르겠다.

그가 종이를 꺼내더니 적는다. 영수증을 받고 싶으면 계약을 바꾸자는 거다. 장기 계약서를 써주는 대신, 내게 다른 재정이 빵빵한 두 번째 보증인을 세우고 모든 지불은 은행을 통해서 증거가 남도록 해주겠지만 그게 안 되면 선택지는 하나. 현실에 순응하든가 짐을 싸든가 선택하라는 거다.

아, 누구를 탓할까, 을이라고 지레 겁먹지 말고 입주 전에 확실히 했었어야 했다.

몇 개월을 찾아 고생고생해서 들어온 집인데 또 집을 알아보자니 프랑스가 지긋해질 만큼 사기가 뚝 떨어졌다. 프랑스에서 지내는 동안 이 정도로 나를 궁지로 몰아넣는 사건과 사람은 처음이었고 그가 내민 선택지 둘 다 말도 안 되는 제안이었다. 말도 안 되는 단기 계약서와 현금 거래로 소득 신고에 득을 보려는 심산이라고 그냥 신고해서 뒤엎을까 하고 잠깐 생각했다.

일단 첫 번째 보증인 조건으로도 충분히 입주를 위한 법적인 문제가 없고, 짐을 푼 세입자는 보호되어야 하는 주거법에 따라 세 번째 옵션을 정해야 한다고 말하고는 시간을 벌었다.

그러나 세 번째 옵션이 나온다고 하여도 이런 집주인을 두고는 제명에 못 살 것 같았다. 집은 자고로 지친 심신을 위로받아야 하는 곳 아닌가. 집주인의 메일도, 전화도, 목소리도 꿈에 나올 만큼 소름 끼치던 어느 날, 결심했다. 손해를 보더라도 방을 빼기로.

집주인은 적잖이 당황했지만 결국 이사는 진행되었고 퇴실하던 날, 따질 힘도 없어 그가 청구한 대로 정산한 뒤 이제 끝이구나 싶은 차에 일이 터졌다. 보증금을 돌려받아야 하는데 내가 보증금으로 낸 수표를 집에 놔두고 왔다면서 자기네 집 앞에서 만나자는 거다. 온갖 세금 명목으로 돈을 떼간 건 따지지 않고 정산했더니 처음부터 꼼수를 부릴 계획이었나 허탈한 마음에 보증금을 돌려받기 전에는 열쇠를 돌려주지 못하겠다고 했다. 그리고 집 앞에서 만나는 게 아니라, 같이 가자고 했다.

그런데, 그러마 하고 문밖을 나서 놓고는 다시 집으로 들어가 문을 걸어 잠그는 게 아닌가.

'하…….'

순간 멍하게 서 있었다. 그 나이에 나와 헤어지는 마지막이 아쉬워 숨바꼭질하자고 하는 게 아닌 이상, 이건 충분히 재미없는 상황이 분명했다. 안쪽에서 철커덩철커덩 열쇠 넣는 문고리를 고치는 소리가 들렸다. 우리 둘의 실랑이에 이웃 주민들이 한 사람씩 나오고 건물에 상주하며 관리를 담당하는 가디언gardien이 올라와서 상황을 파악했다.

그에게 자초지종을 설명했더니, 고개를 절레절레하며 집주인을 회유하기 시작했다. 학생 말이 맞으니, 어서 보증금 돌려주고 일 크게 키우지 말라고 하자 그제야 문을 열고 나오더니 학생 말은 틀렸으니 들을 게 없다는 거다. 그 집에 더 이상 살 것도 아닌데 건물 사람들 불러놓고 사실 여부를 따져봐야 내게 득 되는 건 없어 보였다. 난 그저 보증금을 받고 떠나면 그만이었다. 그래서 정말 싫었지만, 집주인을 놓치면 안될 것 같아 오토바이 뒷자리에 착석할 수밖에 없었다.

열쇠는 나에게 있고, 그는 내가 살던 집의 주인이라는 사실, 그리고 복사된 그의 신분증이 있으니 만에 하나 도망이라도 가면 찾을 방법은 있을 것이다. 그러나 그런 에너지조차 오늘 이후로는 쓰고 싶지 않았다.

한참을 달렸을까, 집주인은 자기네 집 앞이 아닌 카페가

즐비한 사거리에 나를 내려줬다. 왜 집까지 가지 않냐며 내릴
지 말지 고민하자, 여기서 기다리면 오겠다고 했다. 이런 행동
하나 하나가 의심을 키워 도저히 믿을 수 없었다. 그러나 집주
인은 버티는 나를 억지로 내려놓고 시동을 걸어 빠르게 출발
했고, 결국 난 헬멧을 손에 든 채로 카페에 자리 잡는 수밖에
없었다. 억울한 내 심장만 조마조마하게 뛰고 있었다. 집주인
이 돌아오지 않을 경우 신고를 해야 하는데 내가 갖고 있는 것
만으로 증거가 충분할까를 고민하는 새 10여 분이 흐르고, 그
가 등장했다. 약속했던 보증금을 갖고서.

할렐루야…… 긴 여정이었다. 누군가는 그렇게까지 고생
할 거면 그냥 돈을 포기하지 그랬어라고 할지도 모른다. 그러
나 그건 단순한 돈이 아니었다. 마지막까지 지키고 싶었던 자
존심이자 세상의 모든 을을 대표하는 몸부림이었다.

그에게 열쇠를 주며 물었다. 왜 나에게 그렇게 고약하게 굴
었느냐고. 자기 방식대로 따라오지 않고, 자꾸 머리를 굴리며
증거를 남기려는 등, 사사건건 토를 달아서 못마땅했다는 그
의 대답이 참 허무했다. 결국 내가 자기 방식을 따랐어도 언젠
가 또 비슷한 상황이 오면 날 복종시킬 셈이었겠구나 생각하
니 헛웃음이 났다. 오토바이에서 내팽개쳐졌을 때 쓰고 있던
헬멧을 주며, 잘 살아라 하고 나왔다.

그리고 집으로 가는 길, 이제 끝났다 생각하니 눈물이 멈추지 않고 흘렀다. 마지막까지 힘들게 버텨야 했던 여정이 자꾸만 생각나서, 가족이 그리고 집이 그리워서 말이다. 다시는 당하지 않겠다고 생각했다. 그리고 파리는 결코 낭만적이지 않다는 것을 그날 또 알아버렸다.

세상에는 참 다양한 사람들이 있고 누구에게는 좋은 사람일 수 있지만 나와 맞지 않는 사람이 있으며 그 사실을 탓하기보다 사람 보는 눈을 길러야 한다는 걸 알았다. 내 사람을 잘 알아보는 눈, 나와 맞지 않는 사람을 걸러내는 눈 말이다.

시간이 흘러 친구와 함께 오페라 광장을 지나다 재즈 소리에 발걸음을 멈추고 흐르는 음악에 시간을 맡겼다. 한참을 음악에 취해 있다 자리를 나서려고 할 때, 내 시선이 한 곳에 가 멈췄다.

재즈 선율에 맞춰 블루스를 추고 있던 중년의 댄스 동호회 사람들 중 한 커플, 스텝에 맞춰 얼굴이 보이다 말다 했지만 확실했다. 그때 그 집주인이었다. 황홀한 미소를 띤 채 파트너와 댄스 타임에 빠져 있는 그에게 다가가 돈 몇 푼 떼어먹고 잘 먹고 잘 살았느냐고 분위기를 깨뜨리고 싶은 충동이 순간 일어났지만 참았다. 비슷한 사람이 될 필요는 없었다. 그저 그가 잘 사는 것처럼 나도 잘 살고 있으면 그걸로 된 거다. 덕분에 나는 더 단단해졌으니 또 그걸로 충분한 거다.

서류가 끼어드는 상황에 놓일 때에는 침착하게 한 발 물러나 보게 되는 습관이 생겼고, 조금 손해를 보더라도 정신 건강을 위해 욕심을 내려놓는 일도 생겼다. 작은 것을 지키기 위해 희생하는 동안 더 큰 것을 놓치게 될지도 모르니까.

　모든 일은 가볍게 다녀가지 않는다. 크고 작은 경험을 통해 우리는 어제 발견하지 못했던 일을 새롭게 발견하니까. 그게 바로 프랑스가 내게 알려준 교훈 중 하나이다.

나는, 파리의 플로리스트입니다

일본을 떠나기 전 걱정이 앞서 찾아간 사주 카페에서는 나더러 무인도에서도 살 사람이라고 했다. '삶에 대한 열정과 의욕이 강하며 도전하고 변화하는 삶을 살아간다'는 사주풀이상의 좋은 말은 20대에 거진 다 끌어다 쓴 줄 알았는데, 뒤돌아보니 30대가 되어서도 써먹고 있었다.

　정신을 차려보니 손에 쥐여진 두 개의 디플롬과 두 개의 국가 자격증. 서른에 파리에 매료되어 일본살이를 정리하고 프랑스로 넘어와 인생에서 생각도 못 한 프랑스어를 시작했다. 6개월 정도만 예상했던 유학은 만학도의 열정에 탄력을 받아 몇 년간 이어졌고 그사이 두 개의 플로리스트 학교를 졸업하며 두 개의 디플롬을, 2018년 여름엔 두 번째 프랑스 플로리스트 국가 자격증을 취득했다. 그리고 졸업 전에 옮긴 숍에서 운 좋게 직원 계약으로 비자 서포트를 받았다.
　처음부터 큰 목표를 잡고 왔다면 해내지 못했을 결과물이었다. 하나씩 밟아 올라가니 또 다음 목표가 보였고 그렇게 걸어와 뒤를 돌아보니 파리의 플로리스트가 되어 있었다.

프랑스는 플로리스트를 포함하여 제빵사, 헤어디자이너 등 손으로 하는 기술직은 기술 자격증을 취득해야 취업에 유리하다. 그러나 디플롬과 자격증을 취득했다고 다 취업 비자가 승인되는 해피엔딩이면 얼마나 좋을까.

자국민의 실업률이 높아 외국인 고용 심사는 생각보다 엄격하다. 외국인을 고용하기 위한 서류는 까다롭기 그지없고 고용주가 내야 할 외국인 고용 세금을 비롯하여 첫 비자 서포트를 한 회사 쪽에서 부담해야 할 세금 또한 한 달 월급에 가까운 금액이다. 굳이 이런 리스크를 감수해가며 나를 덥석 식구로 맞이해줄 고용주를 찾는 건 노력에 견줄 만큼 운이 많이 따른다.

외국인 고용의 전례가 있는 대기업이야 수월하겠지만 레스토랑이나 헤어디자이너, 플로리스트 같은 기술직의 비자는 이러한 문제들로 고용주와의 갈등을 겪기도 한다. 때론 조건부 계약을 하기도 하며 정신적 스트레스를 줄이기 위해 변호사를 선임하여 비자를 진행하기도 한다. 결국 프리랜서로 전향하여 활동하는 케이스도 있지만 이 또한 세금 비율이 만만치 않아 낭만적인 파리를 등지고 싶게 만든다. 프랑스는 이민자의 나라이고 누구에게나 기회가 열려 있지만 그 한 끗 차이의 선을 넘기 위한 기회는 아무에게나 주어지는 나라가 아님을 겪어본 사람들은 입을 모아 말한다.

그렇게 행운처럼 주어진 기회의 길 위에서 어떤 플로리스트가 되고 싶은지 늘 스스로 물어왔다. 나의 유학이 그저 단순한 로망을 이룬 여행담으로 끝나지 않았으면 해서.

　　파리의 한 유명한 숍에서 인턴을 할 때였다. 다 같이 점심을 먹다가 사장님이 퇴근 후 약속이 없으면 저녁에 플로리스트 스터디 모임이 있는데 참석해도 좋다고 말을 전했다.
　　'숍을 운영하는 사람들의 스터디 모임?'
　　다른 직원을 통해 들은 그 모임은 정기적으로 사장님과 친한 플로리스들의 각 숍에서 돌아가며 열리며, 주제를 정해 그에 맞는 오브제를 이용한 플라워 장식을 1인당 한 작품씩 선보이며 피드백을 갖는 모임이라고 했다.
　　와, 그런 모임이라니! 사장님과 참석자들은 각종 콩쿠르 수상자 출신이며 심사 위원으로도 활동 중이었으니 그런 비공식적인 모임에 초대받은 것 자체가 영광이지 않을 수 없었다.

　　퇴근 후 15구에 위치한 어느 숍에 모였다. 테이블 위 멤버들의 작품과 함께 말이다. 숍 마감 전까지 사장님과 이번 모임에 참가하는 직원은 한 땀 한 땀 작품의 완성도를 높이기 위해 보완하고 또 보완했다. 며칠 전부터 앤티크한 전구를 들고 와 너무 예쁘지 않냐면서 아이처럼 좋아하던 사장님의 웃음이 이 날을 위해서였다니, 그래, 이해가 되었다. 그리고 전구와 함께 사 온 두껍고 누렇게 빛이 바래 보물섬에서 발견할 법한 다이

어리를 꽃과 함께 장식하며 작업을 끝내셨다.

각자 어떤 작품을 가져왔는지 기대하며 비주(프랑스식 볼 인사)를 하고 간단하게 준비된 소시송saucisson과 바게트, 버터, 치즈 같은 와인 안주를 먹으며 한 손에는 각자 좋아하는 와인을 들고 서서 근황을 나눈다. 모임이 시작되자, 다들 표정이 진지해졌다. 발표자들이 한 명씩 그날의 테마인 빛lumière을 상징하는 자신의 작품에 대해 설명하기 시작했다. 빛과 관련된 상상력을 동원하여 구조물을 만들고 그에 맞는 꽃을 예술로 표현한, 각각의 다른 플로리스트들의 섬세하고도 과감한 디테일을 엿보는 귀한 시간이다.

프랑스 콩쿠르나, 국가 자격증 시험에서 볼 법한 꽃의 해석을 보는 듯했다. 프랑스 플로리스트들은 스타일이 각기 다양하다. 그리고 각자의 콘셉트도 한국보다 뚜렷해서 좋다.

10여 년 넘게 숍을 운영하면서도 꽃에 대한 열정을 놓지 않고, 본인을 시험대 위에 올려놓는가 하면 상업적인 꽃만을 위해 달리는 사람, 본인의 예술적 가치를 높이기 위해 개인 작업을 게을리하지 않는 사람. 생산자이면서도 본인이 기른 꽃으로 장식하는 1인 2역을 하는 사람들. 하나의 유행에 치우치지 않고 늘 본인의 작품이 최고라 생각하며 사는 그들의 정신을 유학을 통해 배울 수 있다는 것에 감사했다.

발표가 끝나자, 한 명씩 소감을 말했다. 제일 좋았던 작품과 아쉬웠던 작품, 하지만 의견은 주관적일 테니 투표도, 그에 따른 등수도 없었다. 해석에 관한 작품의 연결성, 그리고 꽃을 대하는 사람들로서 꽃의 얼굴이나 텍스처, 라인이 주는 표정을 각각의 테마에 맞게 잘 살려냈느냐 하는 생각들을 주고받았다.

"나라면 이렇게 했을 거 같아"라고 덧붙임으로서 서로에게 좋은 자극을 전달했다. 그리고 다음 테마와 참가자, 일정을 정리하며 마지막으로 초대된 게스트가 들고 온 샴페인을 터트려 그간의 고생과 성과를 격려했다.

1세대 프랑스 플로리스트들은 플라워 스쿨의 디플롬 없이 어린 시절부터 자연스레 꽃과 함께 성장하며 플로리스트의 꿈을 이루고 숍을 운영해왔다.

몇백 년 전부터 정원을 가꾸는 문화를 시작으로 프랑스 도시계획에서 꽃은 늘 함께였다. 세대가 바뀌면서 지금과 같은 시스템 안에서 체계적인 교육으로 플로리스트를 양성해오고 있으며 20대, 30대 젊은 세대들의 다양한 스타일을 선보이는 숍들이 계속 생겨나고 있다.

프렌치 플라워 양식의 세대 교체의 중심에 살고 있는 것 또한 행운일지 모른다. 앞으로 그들이 이끄는 프렌치 플라워 업계가 어떻게 변화를 이루어갈지 몹시 기대된다.

나는 변화의 물결 가운데에서 어떤 철학을 가진 플로리스트로 성장하고 싶을까. 지금도 그리고 앞으로도, 꽃의 성격과 표정을 아는 플로리스트라면 좋겠다. 유행에 지나치게 민감하게 반응하지 않되 시대를 잘 읽어내는 융통성을 가진, 다양한 시선으로 나의 작품과 꽃에 대한 타인의 해석을 읽어내는 예술가로 성장할 수 있으면 좋겠다. 이미 시작되었지만 그 시작이 언제부터였는지, 그리고 실력을 발휘할 때가 지금인지 혹은 아직인지, 그 길 위에 있는 과정인지 아닌지 또한 알 수 없다.

꽃은 플로리스트의 손에서 얼마든지 다양하게 표현될 수 있는 가능성을 지니고 있으며 그 가능성을 내 것으로 만드는 일은 결코 쉬운 일이 아니다. 긴 시간의 과정을 거쳐야 예술적 가치와 상업적 가치 모두가 눈에 들어온다고 생각한다. 단순히 도매로 꽃을 들여와 예쁘게 만들어 파는 플로리스트가 아닌, 세상에 아직 얼굴이 알려지지 않은 꽃들까지 다양하게 접목해 더 많은 사람들에게 꽃으로, 마음의 여유와 웃음을 건넬 수 있는 도매자와 소비자의 중간 역할을 하는 사람이라면 좋겠다. 한국인으로서 일본과 프랑스적인 시각에서 배우고 익혀온 장식의 하모니가 잘 묻어나는 작품을 표현해낼 수 있다면 좋겠다. 누가 봐도 내 손을 탄 그런 작품.

언젠가 나만을 위한 작업을 파리와 한국에서 이어갈 즈음엔 지금보다 더 확고한 스타일을 가지되, 부러지지 않고 유연하게 융합할 수 있는 단단함이 묻어나면 좋겠다. 그리고 내가 가진 단단함을, 흔들리는 길가의 꽃 같은 후배들에게 아낌없이 내줄 수 있는 여유를 가지고 싶다. 그날을 맞이하기 위해, 나는 오늘도 어김없이 새벽 꽃 시장으로 출근한다.

Étranger

파리의 이방인

비자가 뭐길래

올해로 해외살이 12년 차가 되었다. 즉, 2010년을 기점으로 멀쩡한 내 나라 놔두고 타지에서 이방인으로 산지 11년이 넘었다는 이야기다.

일본에서의 첫 비자 발행은 생각보다 수월했다. 비자를 서포트해줄 회사를 찾는 건 쉬운 일이 아니었지만 모든 비자와 관련된 서류는 회사에서 처리해주었고 나는 그저 개인 서류만 준비하면 될 뿐이었다. 인문지식 비자로 3년, 그리고 그후 갱신하기 위한 입국 관리국 방문은 하루를 다 잡아먹을 정도로 긴 대기 시간으로 악명 높았지만 하루만 참으면 되는 일이었다.

준비한 서류를 들고 오전 일찍 가서 번호표를 받았다. 그리고 해당 차례가 되면 서류를 검토받고 귀가하는 스케줄이었는데 아무리 일찍 가도 번호표는 세 자리. 모든 재외국민들이 시나가와品川에 위치한 입국 관리국을 통하기 때문이었다. 그후 동네에서 가까운 곳에 출장소가 생겨 대기자로 인해 시간을 뺏기는 일은 없어졌지만 여전히 갱신 날이 반갑지만은 않았다.

그러나 프랑스에 오니 웬걸, 여기가 제일 악명이 자자한 곳이었다. 유럽의 행정 시스템이 얼마나 느리고 뻔뻔한지에 대해서는 이탈리아에서 먼저 유학하던 친구에게 익히 들어 알고 있었지만 몸으로 와닿지 않았다. 프랑스, 아니 파리가 그랬다. 정해진 비자를 처리하는데 케바케case by case가 너무 많고 갑질은 자연적으로 따라오는 1+1이었다. 세상 어디든 비자를 선뜻 내주는 곳은 없지만 정당하게 준비하라는 서류를 준비했어도 일단 부리고 보는 갑질에 주눅이 들기 일쑤였다.

어학연수생 시절 내가 살던 동네는 파리 중심부에서 조금 떨어진 외곽이었지만 파리에서 두 정거장 떨어진 곳이었으니 사실상 파리나 다름없었다. 그러나 해당 주소지의 경시청으로 가서 행정 업무를 봐야 했다. 그때만 해도 비자 신청을 위해 담당자와 약속을 잡아야 했는데 파리는 인터넷으로 신청이 가능했던 반면, 우리 지역은 방문 신청만 가능했다. 심지어 선착순으로 준비된 번호표를 받은 사람들에 한해 약속을 잡는 기회를 주는 거다. 새벽 5시가 조금 넘은 시각에 택시를 타고 도착해 9시 운영 시간을 기다려 선착순 번호표 받기에 성공하려면 부지런히 서둘러야 했다. 추운 겨울이면 담요와 보온병을 챙겨 들고 말이다. 그런데 그 번호표를 받고도 일의 효율이 얼마나 안 돌아가는지 기본 다섯 시간 이상의 대기는 필수였다. 아날로그적으로 꼭 이렇게까지 해야 하는지, 이해할 수 없었지만 그 지역 이방인들 모두가 그리도 어렵게 해외살이를 위한 관문을 거치고 있었다.

그마저 준비된 서류를 챙겨 약속된 날에 가면 서류 수령 후 또 번호표를 주고 대기를 기다려 검토를 받는다. 그러나 그렇게 발급된 체류증은 정식 비자가 아닌 몇 개월짜리 임시 체류증이다. 얼마나 비효율적인 시스템이었는지, 매년 겪는 이 과정이 너무 싫어 지방에서 학교를 마치고 다시 파리로 이사 준비를 할 때 무조건 우편번호가 75(파리 지역)로 시작하는 곳에 살리라 다짐했다.

슈퍼 울트라 을의 하루

비자 심사를 받는 날은 악명 높은 경시청 사람들의 갑질에 간 담이 서늘해진다. 누락된 서류들이 있으면 다른 날에 다시 챙겨 오라고 돌려보내거나, 밀려드는 업무와 반복된 응대로 지친 어떤 담당자는 짜증 섞인 말투을 던지거나 꼬투리 잡을 수 있는 내용들로 비자 거부를 하려고 시도하기도 한다. 여러 이유로 경시청 여기저기서 푸념 섞인 이방인들의 한숨이 들려왔다.

학생 신분이면 외국인이라도 나라에서 알로카시옹, 즉 주택 보조금을 받을 수 있는 혜택이 있으며 세금에 대해서도 관대했으므로 경시청에서는 학생 비자로의 체류 기간에 제한을 두기도 했다.

그뿐인가, 서류가 넘어간 뒤에도 기약 없는 기다림은 물론, 퇴짜를 맞거나 보충 서류를 보내라며 또다시 딜레이가 된다거나 하는 식이었다. 파리를 중심으로 한 지역들이 대개 그런 식이었는데 잠시 유학했던 앙제만 해도 이런 예외들은 겪지 않았으니 불필요한 스트레스 없이 사는 일상이 얼마나 정신 건강에 유익한지. 파리에 대한 애정이 뚝 떨어질 정도였다.

　지방은 약속을 잡지 않고 방문하여, 큰 대기 시간 없이 일 처리를 해준다. 우리로선 당연한 일이지만, 메일에 대한 답장도 빠르다. 전화 응대에도 짜증 없이 응대를 잘해주던 그 앙제에의 평화를 뒤로하고 다시 시작된 파리 생활 동안 '직원 비자'로의 변경 처리 changement de statut에 들어간 적이 있다.

　학생에서 직원으로, 직원에서 프리랜서로, 직원 비자에서 배우자 비자로 등등 본인의 상태가 달라질 때마다 비자를 바꿔줘야 한다. 그에 따른 세금 비율과 여러 가지 혜택도 달라지기 때문이다.

　파리 플로리스트 학교를 다니는 학생 신분의 비자에서 직원 비자로 변경 신청을 했고 진짜 파리지엔의 삶이 시작된 것이다. 비용을 절약하고자 변호사를 선임하지 않고 모든 서류를 직접 준비했다. 과정이 얼마나 더딘지도 모르고 말이다. 물론 중간에 회사의 회계 담당자에게 필요한 회사 쪽 서류를 다 챙겨 받긴 했지만 결코 간단치 않은 준비였다. 무사히 모든 서류를 우편으로 잘 보냈다고 생각했지만 역시나 몇 개월이 지나도 감감무소식. 그러나 기다리는 것 말고는 할 수 있는 일이 없었다. 그도 그럴 것이 등기로 보냈어야 할 서류를 정신 없는 와중에 바보같이 일반 추적 서류로 처리해 보냈으니 도착은 했다고 나오는데 담당자가 잘 받은 건지 알 수가 없었다. 역시 변호사를 선임했어야 했던 걸까. 작은 실수 하나로 혹시 모든 게 원점으로 돌아가야 하는 건 아닌지, 애가 탔다. 중간중간 노동청과 경시청을 찾아가봤지만 그쪽에서도 딱히 확인할 수 있는 방법이 없다며 검토 중일 테니 일단 기다리라는 말만 되풀이할 뿐이었다.

그로부터 반년을 기다려 답장을 받았다. 기다린 보람도 없이 내가 보낸 서류 중 의심되는 사항들을 보충하여 우편 발송 후 다시 대기하라는 말과 함께.

아…… 이걸 말하려고 날 반년이나 기다리게 했다니! 참 파리다운 답변이었다.

그러나 지적된 사항에 대해 만에 하나 증거가 불충분하면 비자 허가가 나지 않는 상황이므로 최선을 다해 보충 서류를 준비했다. 프랑스에서 플로리스트를 위한 학업과 실무를 공백 기간 없이 수행했고 학생 기간 중에도 소득 신고는 매번 투명하게 했으며 현재는 디플롬과 관련된 업무로 취업 비자를 신청하기에 프랑스에 온 목적과 남아 있으려는 목적이 분명하고 불법적으로 지낸 이력이 없다는 걸 네 장에 달하는 편지와 함께 보충했다. 그리고 한 달 뒤, 정규직 계약자(CDI)의 1년짜리 비자를 허락한다는 노동청으로의 답장을 받았다. 가슴을 쓸어내림과 동시에 혼자 여기까지 이뤄낸 날을 지인들과 축하했다. 그로부터 1년 뒤 4년짜리 비자를 무사 갱신하였고, 파리의 플로리스트로 자리를 잡아가는 중이다.

달콤하지만은 않지만

외국 생활이 녹록지 않다는 건 그 나라에 도착한 즉시 실감한
다. 당장에 살 집과 내일부터 소속이 될 어학원과 일터, 그리고
작게는 은행 계좌를 개설하는 일부터 어려운 행정 처리까지.
언어를 잘하고 못하고의 문제를 떠나 그 나라 시스템에 적응
해야 하는 부분으로의 시작이다. 인생이 알 수 없다는 말처럼,
해외생활에선 예측 가능한 옵션을 여러 개 세워 놓지 않으면
패닉이 되기 쉽다.

증거가 있어도 본인의 말이 맞다고 어려운 말을 써가며 반
박하는 몇몇 정신이 건강하지 못한 사람들을 마주하기도 하
며, 차별과 불편은 늘 따라다닌다. 화려해 보이는 그 이면 뒤에
해외 이민자들은 다양한 방식으로 자신을 보호할 방식을 익히
며 살아간다.

우리들끼리 결국 '외국인 노동자'라는 말을 우스갯소리로
하지만 틀린 말은 아닐 테다. 정년까지 이 땅에 남아 있을지 아
닐지도 모른 채 꼬박꼬박 타국에 연금과 세금을 내며 내 자리

를 만들어간다. 그리고 비자를 갱신할 때가 오면 또 고민을 해본다. 다시 을이 되는 날을 경험하며 다음 무대를 계속 이곳에서 이어갈지 말이다.

해외살이라는 산을 넘어 익숙함을 가지기 위한 일은 비록 고되지만, 어렵게 얻는 만큼 값진 시간을 보낸 우리를 발견하기도 한다. 무엇보다 스스로 얻어낸 당당한 소속감은 또 다른 동기를 부여해줄 테고. 외국인 노동자 타이틀을 단 이방인이지만, 내가 만들어온 이 자리가 분명 빛을 발하고 있었음을 다음 순간 또 느끼게 되겠지.

그녀의 정체

들어온 꽃을 정리하느라 한창 정신이 없는 토요일 오전, 13구에 위치한 숍에서 일을 할 때다. 그날따라 주문 건은 왜 이렇게 많은지, 숍을 정리하는 것부터 주문 확인까지 모두 내 몫인지 오래다.

파리 플로리스트 학교에 재학 중인 스무 살의 프랑스인 동생의 일 처리 속도가 제법 빨라졌다고는 해도 여전히 하나부터 열까지 책임지고 마무리해야 했기에 유독 정신없는 오전의 시작이었다. 봄이 몸을 부풀린 찰나, 내리쬐는 아침 햇살 아래로 분무한 물을 머금은 화분들이 반짝이자 행인들이 발길을 멈춘다. 입구에 놓인 작은 색색의 꽃잎을 담은 화분들을 하나씩 집어 안으로 들여오는데 아담한 숍이 오전부터 꽃과 사람으로 북적인다.

그날따라 사장님은 숍 2층 살롱에서 여유롭게 손님들과 티타임을 가지신다. 잠시 살롱을 들른—정신없는 탓에 살짝 예민해진—나를 두고 사장님이 대뜸 인사를 시킨다.

"티베트에서 온 J인데, 어쩌면 가을부터 너의 어시스턴트가 될지도 모르니 인사해둬."

'응? 물어보니 꽃을 공부한 적도, 파리 플로리스트 학교를 지망하는 것도 아니고 프랑스어도 아직 초급 단계인데 스무 살 프랑스인 동생의 계약이 끝나면 이 아이를 고용한다고?'라고 속으로 중얼거리며.

사람을 뽑는 거야 사장님 마음이지만, 가뜩이나 바쁜 오늘 같은 날이 가을까지 죽 이어질 거라 어림짐작하니 평소 오지랖 넓은 나지만 오늘은 반가운 인사를 선뜻 건넬 수 없었다. 그러나 고개를 돌려 바라본 그녀는 선한 인상을 지닌 사람이었다. 작지만 다부진 에너지가 담긴 체구. 똘망한 눈으로 환하게 웃음 지으며 비주를 해주는 그녀에게 나는 무장해제당했다. 그녀와의 첫 만남이었다.

한가한 평일 오전 시간을 이용해 그녀는 시용기간試用期間을 가졌다. 물론 교육은 내 담당이었다. 다시 본 그녀는 여전히 씩씩하고 밝은 에너지를 자랑했지만 살짝 그을린 피부와 옅게 내려앉은 주름 탓에 나이대를 가늠하기 어려웠다. 내 또래로 30대일 수도 있다는 생각에 그녀의 이민사도 나와 비슷하지 않을까 어림짐작만 할 뿐이었다. 그렇다고 해도 그녀가 왜 프랑스에서 플로리스트가 되고 싶어 하는지 전혀 감이 오지 않았다.

사장님께 전해 들은 이야기로는 친하게 지내는 지인의 소

개로 그녀를 알게 되었고, 의욕이 넘치고 일을 잘한다는 추천
도 있었거니와 그녀의 눈이 진실되어 보여 일단 일을 시켜볼
요량으로 불렀다고 했다. 사장님의 입장이야 나와 같겠냐만은
그래도 우리가 원하는 '같이 일을 해도 괜찮을 사람'을 보는
기준은 비슷하다. 손이 많이 가는 타입인지, 하나를 가르치면
둘을 해낼 사람인지 열을 해낼 요령이 있는지. 언어가 부족하
더라도 눈치가 있고 의욕이 있으면 무엇이든 배우기 나름이니
까. 그리고 고용주의 체크리스트에는 '믿고 가게를 맡길 수 있
는 사람 됨됨이'라는 조목이 하나 더 붙을 것이다.

　생각보다 파리는 좀도둑 같은 직원들도 많거니와 꽃이라
는 게 재고 확인이 정확히 되지 않는 제품군이라 장부와 대조
하여 정산하기 어려우니 그런 부분까지 성실하게 관리해줄 인
성을 살펴보지 않을 수 없는 노릇이다.

　"어떻게 프랑스로 오게 되었어?"

　프랑스로 온 지 1년 반 정도밖에 되지 않았다고 하는 그녀
는 하나를 부탁하면 둘, 셋을 해냈다. 단순한 청소부터 시작하
는 게 숍 일인데 어떤 일이든 작든 크든 맡은 일을 완벽하게
해내는 것으로부터 신임을 얻는 게 아닌가. 청소하는 모습만
봐도 얼마나 야무지게 다음 일을 해낼 것인지 파악할 수 있었
다. 조금 오버해서 말하자면 그녀가 어떤 의욕을 품고 프랑스
로 넘어오게 되었는지 알 수 있을 것만 같았다. 손끝과 눈빛이
무척이나 야무졌다.

티타임을 가지면서 그녀가 프랑스로 넘어오게 된 사연을 슬쩍 들을 수 있었다. 탈북을 하듯, 그녀는 군인들의 눈을 피해 중국으로 네팔로 몇 날 며칠을 이동해 네팔에서 몇 달을 살다 한 단체의 도움으로 프랑스로 이주하였다고 했다. 낮에는 잠을 청하고 밤에는 걷거나 포복으로 이동하면서 얼마 되지 않는 비상식량들을 사람들과 나눠 먹으며 버텼고 함께 이동한 사람들 중 프랑스로 오게 된 건 혼자, 대다수는 네팔에 머물거나 유럽의 다른 곳으로 이주했다고 했다. 더듬더듬 담담하게 알고 있는 모든 프랑스어 단어를 조합해 말했지만, 자유와 인권을 위해 목숨을 걸고 이주해야만 했던 그 시절들이 주마등처럼 스친 듯 이내 눈시울이 붉어졌다.

감히 나는 상상조차 할 수 없는 시간들을 버텨온 그녀였기에 삶에 대한 의지가 더 강해 보였다. 본인이 태어난 나라에서는 실종자로 처리되어 있어 가족에게 전화를 걸어도, 귀국을 해서도 안 된다고 했다. 그러면 본인은 물론 가족까지 위험해지니 그냥 이곳이 제2의 나라라고 생각하고 평생을 살아야 한다고.

요즘처럼 무료로 어디에서든 보고 싶은 사람과 화상 통화가 가능한 시대에, 평생을 가족 목소리도 듣지 못하며 혼자 머나먼 이국땅에서 새로 시작해야 한다니, 자의로 이민형 유학을 온 나와는 정반대의 사정이었다.

그러니까, 목표가 있어서 온 유학과 이민도 버티지 못하는 이방인이라 겪어야 하는 순간들이 수없이 찾아오는데 어쩔 수 없이 이주해야만 살 수 있었던 그녀의 이민은 쓰라린 순간들이 훨씬 더 많았을 거다. 다행히 단체에서 연결시켜준 프랑스 가족의 도움으로 홈스테이를 하며 초기 정착에 필요한 물품과 애정을 충분히 받았고, 이렇게 본인이 하고 싶은 일을 찾기 위한 나날들을 채워가고 있었다.

10년짜리 비자를 보여주며 그녀는 해맑게 웃었다. 정치적 문제 등으로 망명 혹은 이주된 사람들에게 주는 비자는 보통 10년짜리다. 비자 처리가 워낙 까다롭고 느려 갱신의 수고스러움을 덜어줄 10년 비자, 그녀는 그 과정을 생략한 패스권으로 받은 셈이다.

유학생은 물론이거니와 직장인인 나도 매년 혹은 4년 단위로 갱신해야 하는 터라, 10년짜리 비자가 부럽지 않을 수 없었다. 그러나 그녀에겐 돌아갈 곳이 있고 원하면 바캉스 철에 가족들의 얼굴을 만나고 올 수 있는 나의 자유가 더 부러울지도 몰랐다. J는 작지만 또렷한 음성으로 "내겐 이곳이 마지막 정착지야"라고 말했다.

돌아갈 곳이 있는 우리들—지금 당장 살아가기 위한 문제들을 처리하느라 아등바등 현실형 이민 속에 살아가고 있는 우리들, 그리고 돌아갈 곳이 없어 이곳에서 새로운 터전을 뿌리내리기 위해 아등바등 살아가는 이주형 이민자들. 프랑스의 이민자들은 각기 다른 삶의 형식으로 자신만의 터전을 일구어가고 있다.

찾아본 바에 따르면, 티베트인들은 1949년 중국 공산당이 중국 전 지역을 장악하면서 티베트를 불법 점거하자 자신들의 고향을 떠나 히말라야 산을 넘어 인도로 탈출을 시도하기 시작했다고 한다. 현재도 여전히 위험을 동반하고 있는 탈출이 이어지고 있으며 전 세계, 인도뿐 아니라 미국, 프랑스 그리고 호주 캐나다 등 15만 명 이상의 티베트인들이 흩어져 살고 있다고 한다. 이북에 대한 이야기는 어릴 때부터 익숙히 들어왔지만 그들의 목숨을 건 탈출은 사실 피부로 와닿지 않았던 게 사실이었다. 그러나 다른 형태의 이민자로, 이방인으로 프랑스에서 살고 있는 지금, 다민족이 섞여 살아가는 이곳에서 마주하는 이민자들과 난민들의 실상은 여러 가지 생각을 하게 만든다.

그녀에게 조심스럽게, 다음에 일하러 오는 날이 언제냐고 물었다. 그리고 계절이 바뀌면서 옷 정리를 했는데, 생각보다 아끼는 옷임에도 못 입은 것들이 너무 많아 따로 박스에 넣어 두었으니 혹시 괜찮다면 입겠느냐고 제안을 했다.

혹여나 그녀에게 쓸데없는 동정심으로 받아들여지진 않을까 걱정이 앞서서, 받아 보고 사이즈가 안 맞거나 본인 스타일이 아니면 헌 옷 수거함에 넣어도 괜찮다는 말도 덧붙였다.

그러나 J는 알 수 없는 눈물을 눈가에 글썽이며 "네가 굳이 주고 싶지 않으면 안 줘도 되는데, 나는 좋다"며 다음 숍으로 출근하는 날짜를 알려주었다. 흘리지 않고 끝내 머금은 눈물의 의미를 다 헤아리진 못했지만 수백 가지의 감정이 앞섰을 테다. 이방인으로서의 삶을 꾸려간다는 동질감부터, 마음 붙일 곳 없는 이곳에서 그래도 도움을 받을 수 있다는 안도감, 그럼에도 돌처럼 단단한 강인함이 몸에 배어 쉽게 마음을 열지 못하는 스스로에 대한 불안도 있겠지. 난민을 택할 수밖에 없던 삶 속에서 겪어내는 여러 감정을 다 알지 못하겠지만 그래도 그녀에게 힘들 땐 여기, 마음의 의지가 될 수 있는 곳이 있다고 알려주고 싶었다.

옷가지를 전해주던 날, 그녀는 주섬주섬 가방에서 귤과 티베트의 과자를 꺼내 손에 쥐여주었다. 연신 고맙다는 말과 함께. 삶의 자유를, 행복의 터전을 찾기 위해 먼 산을, 바다를, 땅을 넘고 온 이곳 프랑스가 이미 그들에겐 숨통이 트일 수 있는 자유의 공간이겠지만 동시에 지금까지와는 다른 고난이 펼쳐질 곳이기도 하다. 프랑스라는 나라는 수많은 이민자들이 섞여 있는 곳인 반면에 절대 섞일 수 없을 것 같은 자만과도 같은 자부심이 있는 나라니까.

그럼에도 불구하고, 이 따사로운 볕이 내리는 나른한 오후의 여유로움을, 예술과 문화가 발 닿는 거리마다 새겨진 파리라는 문화의 메카에서 그들의 잠재력을, 세금을 내는 국민이라면 외국인도 혜택을 누릴 수 있는 인권이 보장된 안전한 권리를 마음껏 누릴 수 있기를.

누구나 한 번쯤 오고 싶어 하는, 살고 싶어 하는 이 나라에서 값진 땀을 흘려 당당하게 얻어낸 노동 비자로 그녀가 제2의 인생을 아름답게 가꾸어가기를 간절히 바랐다.

숨은 집 찾기

도쿄에서 살던 5년이라는 시간 동안 여러 번 이사를 했다. 일본 땅을 밟고 3개월 만에 부동산을 통해서 자그마한 원룸을 구했고 그 후 두 번의 이사를 더 했다. 추가로 일본에서 한국을, 그리고 다시 프랑스로 넘어오는 국제 이사도 무리 없이 했으니 귀찮고 비용이 들 뿐이지 내게 집을 찾는다는 것은 '노력하면 해결되는 일', 그러니까 그리 부담스러운 일은 아니었다.

파리에서 세 번의 이사를 하기 전까지는 말이다.

해외 생활에서 나를 위로해줄 수 있는 가장 첫 번째가 '집'이라는 건 도쿄에서 충분히 느꼈던지라 집값도 비싸고 구할 수 있는 집의 공급이 적어 룸 쉐어를 많이 한다는 파리일지라도 가능하면 원룸을 구하고 싶었다. 공간이 좁아도 괜찮다. 엘리베이터가 없는 곳이라도 혹은 역에서 조금 걷더라도 상관없다. 볕이 잘 들고 내가 집에 들어갔을 때 '오늘 하루도 고생했어'라고 온기로 하루의 마지막을 감싸줄 아늑함이 있다면.

나의 첫 번째 보금자리는 폴란드 성당분들이 관리하는 학생 기숙사였다. 국제 이사로 넘어올 때는 운이 좋게 도쿄에서 미리 찾은 곳이었다. 학생들을 위한 기숙사가 도시 곳곳에 있다는 조언을 받아 구글링으로 찾은 이곳은 지금과 달리 당시엔 한국인에게 잘 알려지지 않았으나 가격 대비 시설이 괜찮아 외국인 유학생들에게 인기가 있었다. 메일을 보내고 대기자 순번에 올라 기다리기를 한 달, 아슬아슬하게 출국 직전에 들어와도 좋다는 연락을 받았다.

파리 중심가에서 조금 떨어진, RER B선이 지나는 라플라스Laplace라는 동네는 주말이면 풀 냄새를 맡을 수 있는 곳이었다. 전원 주택 마당에 심어 놓은 꽃들을 보며 산책하는 건 또 다른 낙이었다. 집의 편안한 기운 덕에 파리 생활에 빨리 적응하게 되었고 지방에서의 새로운 도전도 호기롭게 시작할 수 있었다. 그리고 파리에서 차로 세 시간쯤 떨어진 앙제Angers라는 곳에서 플라워 공부를 시작하게 되면서 약 10개월간의 파리 생활은 일단 막을 내렸다.

앙제에 집을 구하면서 프랑스에서는 집을 구하려면 '보증인'이 있어야 한다는 사실을 알았다. 역시나 구글링으로 찾아본 결과 역시 기숙사 같은 개념의 아파트로 그 건물을 관리하는 회사가 그 도시의 몇몇 아파트를 소유하고 관리하는 시스템이었다.

그러나 파리보다는 수요와 공급이 맞는 지방이어서인지 '프랑스인, 혹은 프랑스에 계좌를 갖고 있는 보증인'이 없어도 대체할 수 있는 서류들로 입주를 허락했다. 보통 보증인이 없

CONNEMARA, *See Galway.*

CONNERSVILLE, a city of Indiana, U.S.A., on the west fork of Whitewater river ... Population ...

CONNING TOWER (1870–1916), Irish-born ... in Clones, Co. Monaghan, Ulster ...

CONNOLLY, JAMES

CONNOTATION

CONNELLITE, a rare mineral species, a hydrous chloro-sulphate, of very complex composition, crystallizing in the hexagonal system. It occurs as velvety tufts of acicular crystals of a fine blue colour, and is associated with other minerals of secondary origin, such as cuprite and malachite ...

CONNELLSVILLE, a city of Fayette county, Pennsylvania, on the Youghiogheny river, 60m. S.S.E. of Pittsburgh; served by the Pennsylvania and the Baltimore and Ohio, the Pittsburgh, 1930 ... Population, 1930 ... The city is the centre of a district and is famous for the coking of coal ...

는 경우는 월세의 반년 치를 미리 낸다거나, 은행 보증 혹은 전집주인으로부터의 추천서를 낸다거나 하는 식으로 교섭해볼 수 있었다.

프랑스 어느 곳이나 그렇듯 에타데리외라고 하는 입주 전 확인 절차를 위해 각 서류 한 부씩 들고서 온 집 안을 꼼꼼히 체크했다. 바닥의 흠부터 벽의 못 자국, 수저가 몇 개 제공되었고 창틀의 때까지 깨끗하게 제거된 채 입주했다는, 체크할 수 있는 모든 것을 꼼꼼히 봐두는 게 입주자에게 유리한, 무척 중요한 절차였다. 다시 그 종이를 들고 상태를 비교해가며 세입자에게 불리하지 않은 퇴실 절차를 밟아야 하기 때문이다.

그리고 약 반년 뒤, 지방에서 학교를 졸업하고 다시 파리로 돌아오게 되었다. 졸업 시험과 국가 자격증 준비로 앙제와 파리를 왕복하며 집을 찾아야 할 시간이 부족했기에 다시 처음 정착할 때 살았던 기숙사로 들어가 1년을 더 살았다. 나중에 파리에 살면서 알게 된 사실이지만, 그 당시 기숙사에 살면서 집 내부에 관한 문제, 그리고 행정 처리와 세금 관련된 사항을 직접 발로 뛰며 처리하지 않아도 되는 수고를 기숙사가 대신 해주어 얼마나 정신적으로, 육체적으로 편했는지 새삼 느끼게 되었다. 파리 근교에서 보기 드문 참 편한 기숙사였음에는 틀림없다.

나의 세 번째 집은 파리 부촌이자 오래된 오스만식 건물들이 즐비한 에펠탑의 동네 16구에 위치해 있었다. 지인이 귀국하게 되면서 운 좋게 넘겨받은 집이었다. 일부 프랑스인 집주인은 '깨끗하게 쓰고 월세를 미루지 않는' 아시아인들을 더 선호하는 경우가 있는데, 이 집이 그런 경우였다. 대체로 유학생의 사정을 잘 알기에 까다로운 서류는 생략하고 계약상 필요한 서류만 받는다.

에펠탑과 가까운 한인들이 많이 사는 15구, 동시에 부촌인 16구의 집값을 생각했을 때 월세에 비해 크기나 위치 면에서 너무나 좋은 조건이었다. 당시 전기, 인터넷, 집 보험비를 제외하고 6백 유로에 약 20제곱미터나 되는 집이었으니 유학생들에게 이 집주인은 구세주나 다름없었다.

프랑스에서는 CAF Caisse d'Allocations Familiales라는 주택 보조금을 관할하는 곳에서 학생들에게 집 조건에 따라 매달 약 1백~2백 유로에 달하는 주택 보조금을 지원하는데 이걸 생각하면 사실 기숙사보다도 더 좋은 조건이었다. 이 정도 예산의 학생들을 위한 집은 크기가 작을뿐더러 화장실은 공용이거나, 간이 주방이라도 있으면 다행이었고 냉장고 위에 인덕션 하나, 싱크대는 화장실 세면대로 대체하는 집도 있었으며 집 안에 있는 화장실은 문 대신 커튼으로 되어 있는 집들도 꽤 많았다.

그나마 리모델링이 잘 되어 있는 집이면 작아도, 화장실이 공용이라도—세입자가 별로 없는 경우는 단독 화장실이 될 수도 있다—상관없지만 파리의 여러 집들을 보러 다녀본 결과 유학생 수준에 잘 맞는 조건 좋은 집은 수요에 비해 공급이 너무 적었다.

그러한 이유로 운 좋게 찾은 이 집에서 살 수 있는 기간은 학과 수업이 남은 기간, 1년 정도였다. 파리 플로리스트 학교를 졸업한 후에 취업 비자를 받아서 더 남을 건지 한국 혹은 다시 일본으로 돌아갈 건지에 대한 여러 옵션은 1년 뒤 상황의 흐름에 맡기기로 하고 입주를 결정했다.

1년 뒤, 파리에 남게 된 나는 다른 집으로 이사를 해야 했다. 걱정한 만큼 과정이 험난했던 취업 비자를 무사히 받았고, 프랑스 법대로라면 그 집에서 더 살 수 있는 권리가 있었지만 입주 전 주인과 했던 '졸업 후 퇴실'이라는 약속을 굳이 감정 싸움을 해가며 깨긴 싫었다.

부동산 사이트와 앱, 소셜 네트워크, 중고나라 같은 사이트로 집주인이 올려놓은 물건을 보기도 하고 한국, 일본 유학생 커뮤니티를 하루에도 몇 번이나 들락거리며 이사를 준비했다.

몇 달 동안 계약할 뻔했던 집들을 여러 사정 때문에 놓치고 결국 어디에도 입주하지 못한 채 한 달간의 여름 바캉스 기간을 맞이했다. 이사할 짐은 살던 집에 잠시 맡겨두고, 한국으로 바캉스를 떠난 친구의 배려로 잠시 친구 집에 머무르며 집 찾기를 이어갔다.

9월이면 학기가 시작되는 터라, 내가 찾는 조건의 집은 이미 학생들이 채 가고 없었다. 더군다나 바캉스 철은 물건들이 쏙 들어가고 없는, 그야말로 이사 철이 아니었다. 그렇다고 예산을 크게 올리자니 이제는 학생이 아니라 주택 보조금도 끊기는 차에 고민이 많았다. 가능하면 렌트에 투자하는 비용을 최대한 절약하고 싶었다. 이사 시기를 조금 늦추면 물건은 더 나올 테니 바캉스 철엔 올라온 새로운 집을 찾아 부동산에 전화를 돌리며 하루를 시작하는 게 나의 일과였다.

"담당자가 부재 중이니 나중에 다시 연락하세요."
그나마 마음에 드는 물건이 나와서 연락을 돌리면 열 군데 중 두 군데 정도에서 메일로 답장이 왔다. 프랑스는 부동산이 입주자 서류부터 심사를 한다. 일단 구두로 디테일한 필수 조건을 물어본 뒤 그에 상응하는 사람들에게만 방문할 장소와 시간을 알려주는 식이었다. 방문 시간은 결코 세입자 위주가 아닌 부동산 혹은 집주인 위주다. 목마른 사람이 우물을 파야 하니 내가 그 스케줄에 맞추어야 했다. 만약 맞추지 못하면? 그 집은 포기해야 하는 셈이었다.

필수 조건은 프랑스인 보증인(렌트비의 세 배 이상을 증명하는 월급 명세서와 전년도 소득 신고서 복사본 포함)이 있어야 한다는 것. 세입자의 서류(학생인지, 혹은 정직원인지 계약직인지에 따라 재직 증명서와 월급 명세서, 전년도 소득 신고 복사본 역시 포함) 등이 가장 기본이 되고, 그 외 집주인과 부동산에 따라서 추가로 요구하는 서류가 있을 수 있었다.

장소와 시간을 받아 집을 보러 가면 인기가 있는 집은 이미 열 팀 정도 문 앞에서 기다리고 있었다. 처음 보는 기이한 이 광경은 마치 오디션을 방불케 했다. 주택 대란에서 세입자 면접이 이루어진다고나 할까. 그 뒤 본격적인 서류 심사에 들어가고, 집주인과 부동산이 원하는 서류 조건에 부합하는 사람만이 연락을 받는다. 마치 구직하듯 이력서를 넣고 연락을 기다리고 심사 당하며 합격과 불합격을 통보받는다.

집을 볼 수 있는 날이면 합격 여부를 떠나 그래도 좋았다. 어찌되었든 세입자 '후보'에는 들어갈 수 있는 거니까. 근데 간혹 전화로 서류 여부도 묻기 전에 외국인인 걸 알아채고는 집주인이 채택하지 않을 게 뻔해 보였는지 담당자가 부재 중이라거나, 그 집은 방금 나갔다거나 하는 식으로 둘러대기도 했다. 이 많고 많은 집들 가운데 내 몸 하나 뉘일 곳이 없다는 게 매번 서러웠다.

걱정하는 친구들이 짐을 서로 맡아주겠다고도 했고, 당분간 자기네 집에 들어와 살다가 천천히 구해서 나가라며 위로해줬지만 내 공간에서 내 짐을 풀고 살고 싶어 조금 더 욕심을 내기로 한 지 열흘째, 드디어 집주인이 직접 올려놓은 물건을 낚아 계약하게 되었다.

그러나 조건이 맞는 집을 찾는 것도 어려웠지만 좋은 주인을 만나는 것 역시 어려운 일이었다. 프랑스인 집주인은 '모

아니면 도'라고 했던 친구들 말이 생각났다. 아주 좋거나, 아주 악질이거나.

앞에서 쓴 그 악덕 집주인은 내가 프랑스 법을 잘 모르는 외국인인 점을 이용하여 아주 교묘하게 본인에게 유리한 쪽으로 다 가져가려 했다. 그걸 빌미로 조금씩 정신적 스트레스를 가했다. 처음엔 다시 집을 구해서 나가느니 조건이 나쁘지 않고 위치가 너무 좋아서 버티고 싶었지만 꿈에 나올 지경이어서 결국 한 달 만에 또 이사를 했다.

사기를 당하는 일도 많고, 그보다 더 악질인 집주인을 만났다는 유학생들의 후일담을 들었을 때도 설마 나는 안 당하겠지 하며 신중에 신중을 기하는 나였지만 불운은 항상 한 번에 몰려온다고 했던가, 해외살이 10여 년 동안 집 때문에 이렇게 마음고생을 한 건 처음이었다.

새로 이사한 집 역시, 발품을 팔긴 했지만 정식 부동산을 통했다. 프랑스인 게이와 룸메이트가 될 뻔했던 16구의 집을 시작으로 에펠탑 앞에 자리한 리모델링한 콩집(정말 작은데 에펠탑 뷰라서 가격이 시세보다 훨씬 비쌌던 집), 느낌 있는 카페와 바가 늘어선 젊은이들의 동네 11구, 파리에서 커뮤니티가 제법 큰 중국인이 하는 부동산 등등 여러 곳을 둘러보면서 파리지앵이 되는 길이 녹록지 않음을 몸소 느꼈다. 그러나 유학 초기에 겪었어야 할 집 찾는 고생을 지금 하게 되어 차라리 다행이라 생각했다.

다들 한 번은 겪는다던, 심지어 그 때문에 지쳐 귀국하기도 한다던 다른 유학생들과 달리 운이 좋아 지난 시간 동안 대단한 고생 없이 학업에만 집중할 수 있었고, 어느 정도 파리 생활이 익숙해진 시점에 일어난 일들이라 그럭저럭 감당할 수 있었다.

집 구하기 어렵기로 악명 높은 런던을 포함해 파리에서 내공을 쌓으면 무엇이든 할 수 있다고 했던가. 서른이 넘어 오른 유학길이 '무인도에서도 살 사람'이었던 나를 '지구 어디에서든 살 사람'으로 업그레이드 시켜주다니.

그렇게, 커다란 창문으로 종일 볕이 드는 현대식 건물에 요리하기 좋게 갖춰진 널찍한 싱크대가 마음에 들었던 집으로 이사를 가면서 고생의 막이 내리는 줄 알았다.

초대받지 않은 손님

이사를 하고 채 일주일도 되지 않은 때였다. 새로 이사한 집에 친구가 보름 정도 같이 머물기로 했고 '고생 끝'을 축하하며 한 상 차려먹고 기분 좋게 잠들고 일어났던 날 아침, 냉장고 뒤에서 기어 나오는 무언가를 발견했다.

맙소사.

파리에 쥐가 많다는 건 익히 알고 있었고 많이 봐왔지만 그걸 집 안에서 발견하게 되다니. 내 비명에 놀라 다시 숨어버린 듯했지만 녀석이 분명했다. 나도 기억 못 하는 어린 시절의 어떤 트라우마라도 있는 걸까, 마주한 순간 몸이 얼어붙어 그 이름조차 입에 담지 못했다. 그러니 어쩌면 이건 내 인생 최대의 참사였다.

출근을 해야 했고, 친구는 나만큼 놀랐으며 우리는 살면서 한 번도 그걸 처리해본 적이 없었다. 아니 집 안에서 녀석을 마주한다는 것은 상상해본 적이 없었다. 그러나 파리가 그런 도시였음을, 같이 공생하는 여느 동물 정도로 생각하는 도시임을 간과하고 있었다. 실제로 한 지하철 광고판에서 그들도 동물이니 죽이면 안 된다는 포스터를 본 친구가 말도 안 된다며 SNS에 올리자마자 프랑스 친구들과 설전이 벌어졌다는 이야기를 들었다.

전에 살던 세입자가 시멘트 보수 공사에 참여하지 않은 탓에 내가 피해를 본 케이스였다. 약 한 달간의 사투였다. 프랑스답게 일 처리는 빠르지 않았지만 대략 일주일 뒤엔 수습이 되었다. 그리고 트라우마가 한 달은 갔다.

집주인과 부동산은 그런 사건이라면 익숙하다는 듯한 뉘앙스로 곧 처리해주겠다고 했으나 그들에게 있어 다급한 일은 아니었다. '파리에 살다 보면 그런 일 한 번쯤 당할 수 있는 거잖아?'라는 식의 대응이 그 집을 당장 떠나고 싶게 만들었다. 그러나 여름부터 돌고 돌아 겨우 찾은 집인데, 원점으로 다시 돌아가긴 싫었다. 그러니까, 이사는 귀국이 아니면 절대 하지 않으리라는 생각으로 마음의 안정을 찾으려 고군분투했다.

조금 운이 나빴을 뿐이라고 아무런 문제 없이 '잘 살고 있는' 이웃들이 위로를 많이 해준 덕에 위기를 간신히 넘기고 다시금 집에 애정을 주기로 했다.

맹세코 알고 싶지 않았던 녀석의 습성에 대해 알게 되었고, 커뮤니티를 통해 생각보다 많은 유학생과 현지인들이 이 같은 경험을 한 것을 알게 되었다. 런던이나 뉴욕처럼 오래된 건물들이 많은 도시에서는 흔히 겪는 일들 가운데 하나라고 하니 한국이 정말 깨끗하고 살기 좋은 곳이구나 새삼 실감했다.

이로써 애증의 도시였던 파리에서 제대로 신고식을 치렀다. 아무나 겪지 못할, 누구도 겪지 않아야 할 신고식이었지만 지나고 보니 웃어넘길 수 있는 해프닝이 되었다. 한국이었으면 까다로운 서류에 맞는 조건이 되어야 하는 고생도, 전화에서 문전 박대당하는 일도, 렌트비로 매달 남의 주머니를 두둑하게 채워주는 일도, 초대받지 않은 손님을 내쫓으며 고생하는 일 따위 없겠지만 남의 나라에서 '몸 편하고 마음 편한 이방인'으로 산다는 것이 어디 그렇게 쉽던가.

파리지엔이 되는 관문을 무사히 치른 덕에 이제는 어디가 되었든 내 보금자리를 지키며 잘 살아갈 수 있을 듯하다. 아, 그래도 여전히 난 그 녀석과 얌전히 공생은 못 하겠지만.

양파가 매워서

꽃은 비바람에도 있는 힘을 다해 피어난다. 20대와 30대의 많은 시간을, 근 10년간 외국을 경험한 것이 행운이었을까? 지나간 고생이야 어떻든 그 덕에 자립심을 일찍 터득했고 바닥을 찍어도 무너지지 않는 법을, 그리고 세상을 다른 시각으로 볼수 있는 융통성을 배울 수 있었다.

그리고 20대 초반, 기억이 가물거릴 만큼 치열하게 보낸그 시절의 중심에 외로운 내가 있었다.

일본으로 넘어간 첫해였다. 두 개의 알바를 뛰며 자격증시험을 준비하던 정신없는 나날이었다. 취업 전이라, 마음을터놓을 친구가 없었지만 낯선 만큼 커지는 호기심과 목표를향한 열망이 외로움보다 더 크게 다가왔기에 괜찮았다. 그러던 어느 날, 예기치 않은 외로움과 대면했다.

알바를 마치고 집으로 돌아와 저녁에 먹을 찌개를 만들기위해 양파를 써는데 눈물이 찔끔 나왔다.

'아, 매워…….'

물에 조금 담궈놨다가 사용하면 양파의 매운 기가 가신다는 사실도 몰랐던 초보 요리사였다. 반사적으로 눈을 감았다 떴다 하며 겨우 양파를 다 썰어내는데 눈물이 걷잡을 수 없이 쏟아졌다. 양파가 매워서 나오는 눈물이 아니라 몹시도 당황스러웠다.

혼자 해결해야 하는 일들이 생각 이상으로 많은 해외 생활. 단맛, 짠맛, 쓴맛을 고루 맛보던 반년 차의 어느 날, 외로움에 지친 영혼을 달래줄 수 있는 것이 하나도 없다는 생각이 들었다. 사소하기 짝이 없는 고민을 털어놓자니 가족과 지인들에게 약한 모습을 보이는 것 같아 망설여졌다.

스스로 괜찮아질 거야, 잘하고 있어 하고 다독이는 시간들 동안 홀로 쪼그려 앉아 알아봐주기만 바라던 외로운 그림자를 눈치채지 못했다. 아니, 어쩌면 외면하려 했을지도 모르겠다.

그 애처로운 그림자를 위로하는 방법도 몰랐던 인생의 초짜였으니까.

그렇게 양파를 썰다 주저앉아 펑펑 울어 버렸다. 떠나와 산 지 고작 반년도 지나지 않았는데, 뭐가 그리 힘들었는지. 양파의 매운 내와 함께 울음소리가 집 안을 가득 메웠다. 처음으로 '혼자여서 외로운' 내 자아와 마주했다. 그리고 외롭고 우울한 감정은 창피한 게 아닌, 들어주고 토닥여줘야 하는 감정임을 그때 알았다.

그 후로 나는 종종 그런 감정들이 찾아올 때마다 애써 피하지 않았다. 오히려 수시로 그런 감정들을 들여다보려 애썼다. 스스로에게 소소한 상을 주기도 하고 여행을 다니며 기분전환을 하고, 한식을 해 먹고 한국어로 수다를 떨며 향수를 잊기도 하고 체력을 기르기 위해 꾸준히 운동을 하기도 했다. 그러면서 하나씩 나만의 감정 극복법을 알아갔다. 취업에 성공하면서 고민을 나눌 친구들이 생겼고 수없이 내 마음을 들여다본 덕분에 외로움이 극적으로 찾아오는 일은 없었다.

서른이 넘어 프랑스로 넘어왔을 때는 마음이 제법 단단해져 있었다. 유학 중인 20대 동생들에게 도움을 주는 역할을 망설이지 않았고 스스로 다양한 감정들을 컨트롤할 수 있다고 믿고 있었다.

그러나 프랑스 생활 2년 차에 외로움이 또 불쑥 찾아왔다. 아시아 국가보다 더 이방인 같은 삶은 겨울이면 우울한 파리의 날씨와 맞물려 나름 더 외롭게 만들었다. 유학생인 친구들은 입을 모아 이야기했다. 파리의 악명 높은 우중충한 겨울 날씨가 우울증을 유발할 것 같다고.

실제로 반년은 아름다운 햇살의 얼굴로, 또 다른 반년은 구름 한 점 없는 회색빛을 띄는 파리에 살며 우울증을 앓는 파리지앵이 많다고 하니 외로움과 날씨는 어느 정도 연관성이 있는 듯싶다. 그 덕에 이 감수성 풍부한 도시에서 수많은 예술가들이 탄생하지 않았던가.

매년 찾아오는 그 흐린 대기에 파묻혀 떨어지는 내 체력도 받아들이기로 하니 오히려 편했다. 나뿐만 아니라 겨울이면 해가 유독 빨리 지는 유럽에 사는 우리 모두가 그러했다.

겨울에는 다소 차분한 시간을 보냈다. 전시회를 가거나 책을 읽고 쓰고, 친구들과 홈 파티를 하며. 그리고 파리의 겨울을 피해 햇살이 따스한 지방이나 이웃 나라로 여행을 가기도 했다.

외로운 감정을 다룰 수 있게 된 것에 참 감사했다. 그러나 해외살이가 길어지면 길어질수록 나를 지키기 위한 시간들 속에서 마음의 문을 닫는 것 또한 자연스러워졌다.

사람을 믿지 못하는 시기가 오기도 했다. 어디에도 속하지 못하는 것 같은 모호한 정체성이 고민을 안겨주기도 했다. 무너지지 않기 위해 더 독해지는 스스로를 발견할 때면 남인 듯 연민의 감정이 들었다.

그러한 다양한 감정의 소용돌이를 넘어서 어느덧 태연함이 남았다. 해외에 살지 않았더라도 인간이기에 느낄 수 있는 성장통을 혼자서 감당하는 동안 힘에 부쳤을 뿐. 겪어내고 나면 한 걸음 더 나와 가까워져 있었다.

나라는 사람이 어떤 사람인지, 어떤 사람과 함께 있을 때, 그리고 무엇을 마주할 때 더 나답게 웃을 수 있는지 알아가는 과정은 꼭 필요하다. 서른에도 성장통은 찾아오고, 그 후에도 꾸준히 노크하며 찾아올 수 있다. 결혼을 하여 내 편이 생겨도,

아이들의 엄마가 되어 한 뼘 더 성장하여도 우리는 외로울 수 있고, 여전히 나를 잘 모를 수 있다.

　어루만져줄수록 나와 가까워진다. 내가 얼마나 가치 있는 사람인지에 대해 믿어주고 알아봐주는 사람은 타인이 아니라 결국 나다. 혼자 지내는 동안 더 절실히 느꼈다.

　구름 한 점 보이지 않는 회색빛 겨울의 파리를 견뎌내며 고군분투했던 시간들은 세월이 지나도 자꾸 꺼내보고 싶을 황금 같은 시간이 되고 있음을 이제는 안다. 그리고, 이방인으로 외로운 나와 마주하는 시간조차 말이다.

애증의 도시

파리에 도착하고 1년 안에 알아버렸다. 파리는 내 마음에 첫사랑 같은 설렘으로 다가와 오래된 연인처럼 애증의 관계로 남을 거라고.

'사데펑Ça dépends의 나라'.

봉주르 다음으로 처음 알게 된, 아니 알아야 할 단어라고 할 만큼 프랑스는 '케바케'가 많은 나라다. 아니 지방은 그 예외가 수월한 곳도 있으니 파리의 특징이라고 해야 하는 게 맞겠다. 유학생이면 제일 먼저 접하게 되는 각종 행정 처리를 비롯하여 심지어 일반적인 업무를 볼 때나 레스토랑에서도 경우에 따라 다른 상황이 연출된다. 그때 사용되는 프랑스어가 사데펑이다.

그러니 싫지만 '예외'라는 게 잠정적으로 인정된다. '평균적으로 이 정도 노력과 시간을 들이면 되겠지'라고 예상한 행정 처리는 매우 단순하고 빠르게 진행되기도 하며 때론 터무니없이 긴 시간이 소요되기도 한다. 그뿐인가, 성격 테스트를 하듯 담당자가 바뀌면서 처리는 원점으로 돌아오는가 하면 다들 곧 죽어도 떠나는 바캉스 철이 되면 업무는 일단정지 상태로 돌입한다.

그러나 인간은 적응의 동물임을 입증하듯 어느새 프랑스의 사데펑 문화에 익숙해졌다. 1년에 한 번 한국으로 바캉스를 갈 때면 빠르고 편리한 서비스에 새삼 놀랐으니까. 프랑스 특유의 책임 전가, 상황이 이러니 어쩔 수 없다며 인내심을 기르게 하는 이 '사데펑'은 이제 파리 고유의 문화로 자리 잡았다고 해도 과언이 아니다. 파리에 살고 싶다면, 꼭 알아두어야 할 지침처럼.

파리지앵에게 겨울은 지독하리만큼 우울한 계절인 만큼 서머타임이 해제되기 전부터 일기예보는 흐림 마크로 덮인다. 추적추적 비가 오거나, 혹여 비라도 오지 않으면 빛이 새어 나올 틈을 주지 않겠다는 듯 구름이 해를 다 가린다.

음울한 색을 띤 날은 몇 개월간 지속되고, 간혹 쨍하게 해라도 뜨는 날이면 사람들은 앞다퉈 테라스로, 공원으로 햇볕 속에 모습을 드러낸다. 우스갯소리로 이러다 해바라기가 되겠다고 할 정도니까 해가 떠 있는 것이 얼마나 축복할 일인지 몇 년간 파리의 겨울을 나며 깨달았다.

인정하기 싫지만 그런 파리의 겨울도 낭만적인 일면이 있다는 사실은 부인할 수가 없다. 달달한 핫초코가 그리고 뜨거운 뱅쇼를 부르는 계절, 출렁이는 센강에 비쳐 노랗게 반짝이는 야경은 영화 〈미드나잇 인 파리〉 속에 들어온 것만 같다.

해가 뜨면 뜨는 대로 모습을 감추면 감추는 대로 파리는 그 자체로 사랑을 부르는 옥시토신과 도파민을 뿜어내는 것만 같다. 계절에 관계 없이 사랑을 나누는 연인들은 카페에, 공원에 거리 곳곳에 넘쳐난다. 사랑을 표현하는 일이 인간이 할 수 있는 가장 아름다운 행위인 것인 양 이 도시는 사랑의 기운이 끊이질 않는다.

파리 퐁네프 다리와 몽마르트르 사랑의 벽에는 하루가 멀다 하고 자물쇠로, 낙서로 사람들의 서약이 새겨진다. 사랑한다는 '주 템 je t'aime'이라는 단어는 프랑스어를 모르는 이들의 기억에도 천천히 스며든다. 평생 사랑하며 존재의 가치를 확인하는 게 당연한 프랑스인들에게 있어 사랑의 표현은 자연스러운 일과의 하나이며 내가 행복해야 가족도 행복하다는 소신 속에 시공간을 불문하고 사랑을 주고받는 것에 거침이 없다.

그렇게 파리는 그들이 모여 만든 낭만의 도시임을, 긴 겨울을 맞이할 준비를 하는 가을에도 뚜렷이 느낄 수 있다.

6년이라는 시간을 파리와 마주하며 알게 된 진짜 모습을 몇 줄의 글로 어찌 다 표현할 수 있을까. 맑은 날이 지속되는 반년간의 파리는 눈부시게 아름다워 감히 이 호사를 누려도 되나 싶을 정도로 매 순간 눈을 깜빡이는 게 아쉽다.

그러나 남은 반년의 물웅덩이 같은 풍경 속에 살고 있노라면 오래된 연인과의 권태기에서 끈질긴 인연의 끈을 미처 놓지 못하고 애쓰는 모습 같다. 권태기를 이기려, 처음 사랑에 빠진 우리를 떠올리듯 말이다. 내게 있어 파리는 그런 존재가 되었다.

1920년대의 파리에서 자신의 문학 세계를 펼쳤던 헤밍웨이는 그의 책 《파리는 날마다 축제》(1964)에 이런 말을 남겼다.

아직도 파리에 다녀오지 않은 분들이 있다면 이렇게 조언하고 싶군요. 만약 당신에게 충분한 행운이 따라 주어서 젊은 시절 한때를 파리에서 보낼 수 있다면 파리는 마치 '움직이는 축제'처럼 남은 일생에 당신이 어디를 가든 늘 당신 곁에 머무를 거라고. 바로 내게 그랬던 것처럼.

사랑하고 아끼기에 선뜻 다가가지도, 멀어지지도 못하는 파리를 두고, 나는 깊은 애증을 느낀다. 그리고 내가 어디를 가든 이어질 것 같은 이 관계에 벌써 아련한 향수를 느낀다.

여행을 멈춘 여행자

파리가 가장 예쁠 초여름에 가장 좋아하는 동네에 자리를 잡고, 이방인이 아닌 여행자의 몸과 마음으로 파리의 아름다움만 기억하고 살면 좋겠다. 딱 한 달 살기 같은 걸로.

한 달간 살 동네는 내가 어학연수 하던 시절에 좋아하던 5구나 6구면 좋겠다. 그러니까 뤽상부르공원이 그리 멀지 않은 곳으로. 마레 지구를 좋아하긴 하지만 오래된 아파트들이 많아 불편함을 감수해야 한다는 게 걸린다.

요즘 자주 가는 젊은 감성의 레스토랑과 카페가 모여 있는 9구와 10구도 나쁘진 않겠지만 저녁엔 너무 북적거려 혼자 한 달 살기를 하는 동안 적적해질 것 같다.

아침에 일어나자마자 늘 그랬듯, 일기예보를 확인하고 창문을 활짝 열어 환기를 시킨다. 그리고 좋아하는 커피 공방에서 사 온 원두로 커피를 내리는 동안 가볍게 먹을 아침을 준비한다.

지내는 동안 아낌없이 먹어둬야 할 음식 리스트에는 해마

다 상을 받은 빵집들이 가득하고 그곳에서 사 온 바게트는 저녁에 파스타 소스와 함께, 그리고 식탁에서 빠질 수 없는 크루아상은 아침에 갓 내린 커피와 함께 버터를 바른 후 좋아하는 무화과 잼을 살짝 얹어 먹는다.

한 달 살기를 하는 평일과 주말은 내게 경계 없는 시간의 흐름 같지만, 주말에는 파리지앵들과 같은 리듬으로 지내면 좋을 것 같다. 집에서 가장 가까운 장터를 체크해둔다. 적당한 에코백을 하나 메고 장을 보러 나가 사람 사는 냄새를 맡으며 색색깔로 나열된 야채와 과일 중 가장 신선해 보이는 아이들로 골라 담고, 그 옆의 치즈 가게에서 바게트에 얹어 먹으면 좋을 브리 치즈를 하나 고른다.

그리고 늘 그랬듯 발길을 멈추게 만드는 꽃들이 가득한 매대에서 좋아하는 계절 꽃을 고른다. 초여름이면 아직 작약이 있을지도 모르겠지만 그게 아니라도 상관없다. 향기 가득한 이브 피아제 Yves Piaget 한 다발에 적당히 향기를 돋우는 유칼립투스를 섞어 화병에 꽂아두면 한 달 뒤 퇴실할 때 드라이플라워로 남겨둘 수도 있으니까. 그렇게 매주 다양하게 바뀌는 꽃을 고르는 재미를 발견하고 싶다. 하루 내 좋아하는 요리들로만 해 먹으면 좋겠다.

중고 서점에서 산 프랑스 요리책을 뒤적여 영화 〈줄리 앤 줄리아〉의 주인공처럼 하루 한 개의 레시피를 따라해보는 건

어떨까. 식사 후에는 달달하면서도 깔끔한 샤르도네 화이트 와인이나 여름의 색에 어울리는 시원한 로제 와인으로, 그리고 크루아상을 살 때 곁들여 하나씩 집어온 그 빵집만의 시그니처 디저트와 계절 과일이 함께하면 딱일 것 같다.

서머타임이 시작된 초여름의 해는 아주 늦게 떨어지니 한 달 살기를 할 때 꼭 고려할 사항 중 하나는 작더라도 발코니가 있는 집이어야 한다는 것. 해가 적당히 드는 아침엔 커피 한 잔을, 오후엔 읽을거리와 볼거리를 하나 집어 들고 사람 구경을 하며 파리의 낭만을 엿보면 좋을 테고 저녁엔 지인이 소개해 준 친구를 초대해 요리를 대접해도 좋겠다.

파리를 동경하는 누구에게든 파리에서 살아보고 싶은 이유를 묻는다면 수도 없이 많을 거다.

낭만과 여유가 가득한 이토록 매력적인 도시에서 싸구려 와인 한 잔이 다라고 해도 밤새 웃고 떠들 수 있을 것만 같으니까. 해가 적당히 드는 곳을 찾아다니며 나만 알고 싶은 파리의 리스트를 엮어 만들고 골목마다 풍겨오는 빵 냄새에 걸음을 멈춘다. 매일 다른 디저트를 골라 맛보는 재미는 또 얼마나 황홀한지.

동네마다 다른 분위기를 풍기는 공원들은 적당한 땀을 흘리며 뛰고 싶게 만든다. 숨이 턱 끝까지 차오르기 직전까지 뛰다 마주하는, 나뭇잎 새로 통과하는 빛이 찬란한 풍경은 내가 왜 여기까지 오게 된 건지 알려주는 것만 같다.

앞만 보며 달리던 생활에 익숙해져 있던 찰나, 그저 성실하게 주어진 일만 해내면 꿈꾸던 어른이 될 줄 알았던 그때 파리의 여행자가 되었다. 그러다 이 아름다운 파리에서 한 달만 살기는 아까워 기꺼이 눌러앉았다.

쉼표를 주머니에 넣고

20대 중후반, 내가 무엇을 가장 잘할 수 있는지 몰랐지만 그저 다들 그러듯이 성실하게 하루하루를 살아내면 바라던 어른이 될 줄 알았다.

'뭐 다들 그렇게 사는 거잖아' 하고 적당히 현실과 타협하기를 반복하던 그때, 난 여행자에서 이방인이 되기로 했다. 정답을 찾기 위해 떠나온 파리살이는 아니었지만 내게 조금의 시간을 내주고 싶었다. 지구 반대편의 사람들은 어떤 가치관과 방식으로 살고 있을까 보고 싶었다. 궁금했다. 삶에 있어 여유와 쉼표란 숨이 턱 끝까지 차오르도록 기다렸을 때 주어지기도 하지만 일상에 불쑥 찾아오기도 하니까.

잘 세운 계획들은 갑자기 찾아온 기회로 엎어졌다. 한국을 떠나 11년째 여행자가 아닌 이방인으로 살아가는 지금, 한 달 살기에서만 가질 수 있는 여유와 낭만은 현실에 없다는 걸 안다. 어쩌면 파리를 언젠가 다시 찾고 싶은 여행지로 남겨두었으면 더 좋았을지도 모른다. 짝사랑의 존재로 언젠가 재회할 날을 손꼽아 기다리며 말이다.

　그런데 때로는 파리의 숨겨진 진짜 얼굴들을 다 맛본 이방인이라, 짝사랑이 아닌 애증의 관계라 더 좋다. 외국인이라 겪는 보금자리 하나 구하는 어려움, 을의 입장이라 마음 졸이기 일쑤여도 살아보길 잘 했다. 네이티브가 아니라는 이유로 불리한 일을 당할 때면 오기가 생겨 나도 모르는 사이에 싸움닭이 되기도 하지만 포기하지 않았던 것이 기특하다. 이방인이라 갖는 서러움도 애환도, 어울리지 않는 능청맞음도 모두 나의 일부가 되어 삶을 단단하게 해주는 요소라는 걸 안다.

　프랑스는 평등égalité, 자유liberté, 우애fraternité를 강조하는 나라인 만큼 표면적으로는 이방인이 살아가기에 썩 나쁘지 않다. 독특한 프랑스 문화와 '파리'라는 도시가 가지는 다양성과 이질감의 차이를 받아들인다는 전제하에 말이다. 파리를 막론하고 여행자가 아닌 이방인으로 살아갈 때 존재하는 이질감과 퍽퍽한 현실감은 결국 우리 안에서 어떻게 공존하는 방식을 찾아내느냐에 좌우되기도 하니까. 막연한 환상과 낭만의 원더랜드는 세상 어디에도 없지만 내가 만들어가는 나만의 원더랜드는 어디서든 존재할 수 있다는 걸, 이방인으로 때론 여행자처럼 살아봄으로써 발견한다.

　"파리에 살아서 좋은 게 아니고, 파리에 사는 내가 좋아." 감히 그렇게 말할 수 있을 만큼 이방인의 삶을 살면서 이제 그

어디에서 다시 시작하더라도 나만의 방법으로 낭만을 꺼내어 볼 수 있을 것 같다.

한 치 앞을 알 수 없는 시대에 살고 있는 지금, 돌아보니 짜인 각본대로 그저 그렇게 열심히 살지 않고 떠나온 그 시절에 감사하다. 삶이 당혹스러울 땐 이따금 제자리에 머물기도 하며 때를 기다려도 된다. 달릴 시기가 오면 느슨해진 끈을 다시 조여 매고 새로운 길을 그려도 늦지 않으니까.

서른에 문득, 쉼표를 준 나는 앞으로도 그렇게 살아가고 싶다.

꽃 같은 그대들은

흔히 20대까지는 부모의 운으로 그리고 30대부터는 본인의 운으로 인생을 살게 된다고 한다. 그러나 해외에 살아보니 이곳은 20대부터 독립은 자연스럽고 당연한 문화였다. 그들이 그러하듯 나 또한 일찍이 부모 곁을 떠나 스스로 모든 것을 선택하고 그 선택에 책임지는 삶을 택했다. 그러나 또래보다 빨랐던 독립을 후회한 날도 적지 않았다.

독립을 선언하고 나니 집밥을 기대하는 일도, 지원을 받는 것도, 어리광 부리며 이따금 용돈을 받는 일이 멋쩍어졌다. 도리어 가끔 한국으로 휴가를 갈 때면 곁에서 못해드린 효도가 죄송스러워 작지만 그 마음을 담은 봉투를 쥐여드리곤 했다. 부모님을 자주 뵙지 못한 아쉬움이 있었던 만큼 그들 또한 노심초사하며 해외에서 고군분투하는 딸의 안녕을 걱정하셨을 테니까.

여행자에서 이방인으로 살아온 과정은 20대에서 30대로 넘어가는 독립의 과정과 같았다. 보고 싶은 세상만을 골라 겪을 수 없는 이방인이라 힘들었던 과정은 고향을 떠나 해외에 있지 않았더라도 감내해야 할 시간이었을 거다.

프랑스 유학을 시작하면서 블로그로 간간이 나의 성장 과정을 기록해오고 있다. 그 정보들은 플로리스트 유학에 대한 정보가 그리 많지 않았을 때 프랑스 유학을 꿈꾸는 많은 예비 플로리스트들에게 닿았다. 생각보다 많은 이들이 그 시절의 나와 같은 고민들을 하고 있구나 깊이 공감되어 일일이 상담해드리지 않을 수 없었다. 미리 경험한 누군가의 한마디가 절실하고 간절했던 그 시절의 나를 떠올리며 말이다.

많은 유학 정보를 쉽게 찾을 수 있게 되면서 유학원 역할을 대신하는 일이 잠잠해졌을 무렵, 숍으로 한국인 학생분이 찾아왔다. 손님인 줄 알고 응대했는데 조심스러운 태도로 말을 건넸다. 나를 보러 왔다는 거다. 그리고 정말 꼭 한 번 뵙고 싶었다며 대화하던 도중 눈물을 흘리기 시작했다. 적잖이 당황했지만, 자기가 원래 눈물이 많다며 안심시킨 그녀는 이야기를 이어갔다.

블로그에 써놓은 정보들로 유학에 관한 도움을 많이 받았고, 너무 감사한 마음에 와서 인사를 하고 싶었다고. 현재는 지방에서 공부를 하고 있는데 내가 졸업한 그 파리 학교를 가려고 준비하는 중이라고 했다. 그리고 그에 관한 상담을 청해왔다. 근무시간에 불쑥 찾아와 미안하다는 말과 함께.

그녀는 미안해했지만, 나는 몹시 고마웠다. 하고 싶었고 할 수밖에 없는 상황들 속에서 나아갈 길만 보며 달려와 그런지 내 히스토리는 늘 과정에 놓여 있다고 생각했다. 그러니까, 성공이 아닌 성장 스토리. 그런 나의 발자취가 누군가에게 감동을 전하고 동기를 부여해줄 수 있다는 것. 나는 그녀와 다르지 않았다. 그저 한 발 앞서 어두운 길을 걸어가 어떤 길이 포장된 아스팔트 길이고 진흙탕인지 미리 경험한 것이라 생각했다.

파리가 선사하는 낭만만을 보여주는 게 아닌, 녹록지 않지만 스스로가 정한 목표가 있다면 해볼 만하다고 양면을 보여줄 수 있는 선배가 되면 좋겠다는 마음으로 따끔한 현실적 조언도 아끼지 않았다.

받아들이는 것은 각자의 재량이고 몫일 테지만, 시간이 지나 그때 그에게 물어보길 잘 했다라고 기억되면 그걸로 참 좋을 것 같았다. 실제로 숍을 찾아온 학생 외에도 유학 생활을 잘 마치고 귀국하는 길에 선물과 편지로 감사의 마음을 전한 마음씨 고운 친구도 있었고 메시지로, 많은 도움을 받아 무사히 유학을 마칠 수 있었고 다음 목표를 위해 도전한다고 소식을 전한 친구들도 있었다.

따뜻하게 전달되는 메시지 하나하나가 내게는 또 다른 영양분이 되는 영감이자 감동이다. 맑은 눈을 초롱초롱 빛내며 문을 나서는 그녀를 보니, 성장통을 겪던 나도 저만큼 간절했겠구나 싶었다. 그리고 언젠가 그녀 역시 다른 누군가에게 영감을 주는 선배로 각인되겠지.

성장통은 누구에게나 한 번쯤, 어떤 모습으로든 찾아오게 되어 있다. 다만 그 시기와 강도가 다를 뿐이고, 참아내는 방법 또한 다를 뿐이다. 그리고 시간이 지나 자연스레 '별것 아니었네' 웃으며 이야기하게 되는 순간도 반드시 온다. 삶은 긴 여행 같다. 생각보다 변수가 많고 고단하지만 언제 어디서든 낭만은 존재하고 그 낭만을 쥐고 펼 수 있는 건 결국 내 안에 있다는 사실을 배우며 기나긴 여로를 감행한다.

삶을 기나긴 여행이라고 생각한다면 길을 잃고 헤매는 시기를 만나게 되는 건 당연하고, 기대하지 않았던 곳에서 마음을 뺏겨버리는 일도 자연스러우니 그 모두를 흔쾌히 기대해볼 수 있지 않을까.

그 자리에 있어줄래요?

지금 일하는 숍에는, 일본에서 온 수습생들이 짧게는 몇 주, 길게는 3개월씩 머무르다 간다. 수습생들은 본격적으로 일을 시작하기 전, 혹은 숍 오픈을 앞두고 한두 달 정도 곁에서 일손을 도우며 숍의 운영 방식을 엿보기도 하고 직접 참여하기도 하면서 꽃일을 익혀 간다. 그리고 매번 휴일 전날이 되면 묻는다. 파리에 어디 갈 만한 곳이 있을까요? 하고.

나는 휴대폰 맵에 빼곡히 저장해놓은 곳들을 아낌없이 알려주곤 한다. 반 이상은 여행 서적에 수시로 소개되어 있을 법한 곳이지만 나머지는 그리 유명하지 않아도 개인적으로 가보고 좋았던 곳이다. 혹은 친구들이 데려가줘서 좋았던 곳인데 생각해보니 마지막 리스트가 추가된 건 상당히 예전이었다.

파리는 유행이 쉽게 돌고 도는 곳이 아닌지라 늘 새로운 곳을 찾는 게 어렵기도 하지만 언제부턴가 익숙하다는 핑계로 도시 탐색에 게을러진 탓이었다. 때로는 파리로 관광을 오는 지인들의 정보가 더 신선하기도 했으니, 파리는 어느덧 내겐 평범한 일상이었다. 쉬는 날이면 땀을 쭉 빼는 운동 후에 장을 봐 온다. 평일에는 좀처럼 할 수 없는, 손이 많이 가는 요리를 집에서 곧잘 해 먹는다. 그리고 친구들과 수다를 떨며 시간을 보내거나 전시를 보러 가고 단골 카페에서 책을 읽거나 글을 쓴다. 맛집과 핫플레이스를 골라 다니는 일은 간혹 기분 전환을 핑계로 꺼내 드는 카드일 뿐 파리지엔에게 파리는 언제든, 원하면 누릴 수 있는 일상인 것이다.

일본에 사는 친한 한국인 언니가 놀러 왔다. 몇 년 전 남편과 런던에 살 때 파리를 처음 만난 언니는, 이번에는 시간적 여유도 있겠다 남편과 시댁의 배려로 자유로이 홀로 떠난 여행길에서 도시 곳곳을 산책했다. 스케줄이 꽉 짜인 관광이 아니었다. 보고 싶은 전시들을 보고, 걷고 먹으며 온전히 누구의 엄마, 아내가 아닌 본인만을 위한 시간을 가졌다. 그리고 매일 저녁 퇴근한 나와 만나 수다를 쏟아내며 파리에 대한 감상을 공유했다. 떠나기 전날 밤 언니는 그런 말을 했다. 우리가 살던 그 일본의 5년의 시간과 맞먹는 세월을 이곳에서 보낸 나의 감성에 딱 들어맞는 표현으로.

"정은아, 파리는 변함없이 늘 그 자리에 있는 거 같아. 그때나 지금이나 한결같이 반겨주는 거 같아. 참 신기해, 그치."

그래, 파리는 그래서 다시 오게 만드는 도시구나.

자주 와도, 가끔 와도 좋다. 계절마다 다른 옷을 갈아입는 듯하지만 파리의 건물과 거리 분위기, 그리고 매년 열리는 이벤트들은 크게 바뀌지 않는다. 언니가 남편과 같던 곳들을 다시 돌아다니며 '바뀐 게 없네. 그때 그대로야'라고 해준 말처럼, 딱 그랬다.

어느 프랑스 영화에서도 그랬다. '파리는 늘 그 자리에서 당신을 기다릴 것'이라고. 도시계획이 철저한 파리는 거리의 상권들도 시간이 지나도 그 모습을 지키기 위해 지역구에서 노력한다고 한다. 운영했던 숍이 다음 인수자를 찾을 때도 가능하면 그 카테고리를 유지하도록, 그리고 그 주변 상권과 어울릴 수 있으며 동네 주민들의 관심을 이어갈 수 있는 곳으로 신경 쓴다는 말이다.

그러니 하루가 멀다 하고 모습이 바뀔 일은 없으며, 간혹 바뀐다고 한들 건물의 분위기, 주변 상권과의 조화가 유지되므로 세월이 흘러도 크게 변하지 않는 고유의 색을 띈다. 높은 건물을 줄지어 세우거나, 건물을 모조리 다 헐어내고 새로 짓는 일은 파리 시내에서는 좀처럼 일어나지 않으며 유지나 보수에 더 많은 노력을 기울인다. 그 덕에 우리는 시간이 지나도 늘 그대로인 파리를 느낄 수 있다. 5년 전, 혹은 10년 전 우리가 느꼈던 감흥을 간직한 도시의 모습 그대로 말이다.

한두 시간 정도밖에 소요되지 않는 주변 유럽국을 여행하고 파리로 돌아오는 날이면, 파리는 확연히 자기만의 색을 띠고 있는 걸 새삼스레 느낀다. 변화를 이어가더라도 과감한 시도를 하지 않는 동네에서는 여전히 20세기에 흥했던 클래식한

옛 정취가 남아 있다. 마치 아련하고 달콤했던 첫사랑의 기억을 갖고 있는 오르골 보석함처럼, 그곳으로 데려다놓을 것 같은 아늑함이 어려 있다.

카페, 테라스, 지하철, 주말 장터, 에펠탑 앞의 상점들.......
모습을 바꾸면 한결 편해지고 한결 더 세련되어질지도 모를 것들을 불편을 감수하며 이어가는, 변하지 않는 도시에서 나는 살고 있다. 융통성이라고는 찾아볼 수 없는 고집과 서비스 정신에 때로 혀를 내두르기도 하지만 그게 곧 파리다. 예전에도 지금도 그리고 앞으로도 그토록 명료한 개성을 발산하며 그 자리에 있겠지.

떠올리면 설레는 이유가 거기에 있는지도 모르겠다. 휙휙 빠르게 바뀌는 관광 명소들과 관광 정보를 안고 도시를 떠돌 일이 없다. 파리는 역사를 지닌 추천 장소 리스트를 쉽게 업데이트하지 않는다. 이제나저제나 맛집인 그 집이 여전히 우리를 반겨준다. 청결하지 못한 지하철과 심장을 쫄깃하게 하는 사건 사고들도 변함없이 우리를 기다리고 있지만 그럼에도 파리 구석구석의 보물들을 발견하는 재미는 여전히 내게 많은 영감을 준다. 오늘 다 둘러보지 못해도 괜찮다. 서둘러 나서지 않아도 괜찮다.

내일, 그리고 몇 년 뒤에도 파리는 변함없이 그 자리에서 당신을 기다리고 있을 테니까.

파리의 코로나19

2020년 봄이 올 무렵, 우리는 만발하는 꽃 대신 코로나19를 맞이했다. 전 세계가 예외 없이, 누구도 예상하지 못했던 바이러스로 계절을 빼앗겼다. 3월 12일 목요일 저녁, 프랑스의 마크롱 대통령은 담화를 통해 대학을 포함한 모든 학교에 휴교령을 내렸다. 가능한 사람들은 이미 3월 초부터 재택근무를 시작했지만 상황이 좀처럼 나아지질 않자 내린 정부의 첫 방침이었다. 그리고 그 주 토요일 저녁 정부는 큰 결단을 내렸다. 생활에 필수적인 곳(식료품점, 병원, 약국, 은행)들을 제외한 모든 상점의 영업을 무기한 중지한다는 선언과 함께 그에 따른 보상은 정부가 책임진다는 발표였다.

그렇게 자유의 나라 프랑스는 사유가 확실한 외출증 없이는 외출할 수 없는 격리를 시작했다. 처음 한 달, 그리고 한 달 연장을 포함 총 두 달간 나 역시 강제 집순이가 되어야 했다. 자가 격리가 아닌, 강제격리는 모두에게 꽤 힘든 조치였다.

주변국 스페인, 이탈리아를 시작으로 저마다의 방법으로 강제격리 중 사회적 거리두기 소셜 네트워크 즐기는 방법들이 나올 정도로 우리는 감정을 교환하고, 교류를 중요시하는 동물이었으니까. 단순히 나가지 못한다는 어려움보다 정신적으로 갇혀 있어야 하는 사실이 힘들었을 것이다. 가정 폭력과 이혼에 관한 뉴스가 눈에 띄게 늘었으니 이토록 좋은 날씨에 온 가족이 집에서 삼시 세끼를 해결하고 온전한 개인 공간과 시간의 구별을 가지지 못한 채 일상을 이어가는 건 모두에게 낯선 경험이었다.

나 또한 숍은 닫혔지만 회사 유튜브 채널과 SNS, 그리고 미국과 유럽 고객과 관련된 일정 관리, 발주와 수주 메일을 담당하며 일반 회사원처럼 아침부터 저녁까지 컴퓨터 앞에서 하루를 보냈다. 간단한 조깅은 집 근처 1킬로미터 미만, 그마저도 10시부터 19시까지는 금지되어 하루 한 번의 조깅을 위해 부지런히 아침을 맞이했다. 그리고 한 달째 이동 제한이 끝나갈 무렵, 묻고 더블로 가!를 외치듯 프랑스는 한 달 더 격리 기간을 연장해 외부와의 접촉을 단절시켰다.

그렇게 총 두 달 동안 지속된 격리 기간 동안 한국을 잠시 다녀올까 고민도 했지만 이동하는 과정에서의 감염 위험이 걱정되었다. 한인 커뮤니티에는 유학생들이 앞다퉈 국적기를 타고 귀국하는 소식이 하루가 멀다 하고 올라왔고 해외 동포들의 소식을 SNS로 접하며 전 세계에 남은 이방인들끼리 격려를 주고받기도 했다.

나 혼자 타국에서 버티고 있는 게 아니라는 사실이 조금

위안이 되었다.

그리고 두 달의 격리가 끝나고 우리 모두 잘 버텨주었다며 외출증 없이 각자의 파리를 발 닿는 곳까지 걷던 날, 브라보를 외쳤다. 일상의 소소함을 자유로이 누리며 자연과 함께 어울려 사는 일, 볕이 드는 테라스가 있는 삶이 주는 여유로움이 얼마나 우리의 정신을 이롭게 하는지, 여유와 행복은 특별한 곳에서 주어지는 게 아니었음을 격리를 통해 느꼈다.

잠시 숨을 고르고 해를 마주하기. 발길 닿는 대로 걸으며 풍경을 만끽하기. 계절의 변화를 몸으로 경험하는 일은 내가 애쓰고 공들이지 않아도 가질 수 있는 여유였다.

테라스와 정원이 없는 혼자 사는 집에서 버틴 두 달 동안의 시간은 그야말로 인간 승리였다. 처음부터 총 두 달이 걸릴 격리 생활인 줄 알았으면 가족의 품에 잠시나마 다녀왔을 텐데 하면서 씁쓸한 마음으로 흘려보낸 시간. 다행히 날씨는 매일같이 찬란했고 아침저녁 유일하게 주어진 산책 시간 덕에 숨통을 틔웠다.

그러나 격리 생활이 한 달이 넘어가자 버티는 것만이 능사가 아니라는 듯 경찰들의 눈을 피해 야반도주를 하며 시골집으로, 친구 집으로 격리 장소를 옮기는 사람들, 조용하게 친구들을 불러 파티를 여는 사람들도 늘어나기 시작했다. 그리고 격리가 끝나자 기다렸다는 듯이 아름다운 초여름의 파리를 즐기기 위한 파리지앵들이 거리로, 센강으로 쏟아져 나왔다.

\\\

두 달 동안 참았으니, 즐기게 해달라는 암묵적인 시위였으리라. 이들은 앉아서 쉴 수 있는 파리 곳곳으로 삼삼오오 모이기 시작했고 이내 보통의 일상이 돌아왔고 곧 다가올 바캉스 계획을 짜느라 모두가 들떠 있었다. 매일 평균 몇백 명씩 확진자가 발표되었지만 사망자는 현저히 줄었고 우리네 모두 바이러스가 덮친 일상에 익숙해지기 시작했다. 무증상 확진자의 예도 나왔지만 바이러스는 보이지 않는 탓인지 이 나라 국민들의 유별난 낙천성에 묻히는 듯했다.

이방인의 시선으로 본 프랑스 내 코로나 일상은, 마치 하나의 인생을 말하는 것 같았다. 사연 없는 인생이 없듯 모두들 그렇게 다사다난한 굴곡으로 이어진 삶을 지탱하며 살아가는 그 모습이. 코로나19로 예상치 못한 벽에 부딪혀 계획이 틀어지고 수정되는 한편, 그 안에서 할 수 있는 것들의 우선순위를 잡아 헤쳐나갔다. 힘이 탁 빠지고 앞이 보이지 않는 만큼 수많은 변수가 찾아왔다. 그래서 오지도 않은 내일을 걱정하며 오늘을 근심에 잠겨 있기엔 현재가 너무 안쓰럽다는 걸 프랑스 사람들은 행동으로 보여주는 것만 같았다.

해가 뜨면 그들은 선글라스를 낀 채 테라스에서 식사를 하고 해가 저물면 와인 한두 잔을 주고받으며 수다로 하루를 마무리한다. 그리고 다음 날이면 무사히 맞은 아침을 만끽하며 커피 한 잔에 조간신문을 펼쳐 들고 하루를 연다.

두 달여간 닫혀 있던 파리 꽃 시장도 5월 중순부터 재개했다. 답답함을 싫어하는 프랑스 플로리스트들과 상인들이지만 이른 새벽부터 마스크를 챙겨 쓰고 인사를 나눈다. 마스크를 제외하면 헝지스 꽃 시장은 여느 때와 다름없이 활기로 가득했다. 격리로 인해 답답함을 참았던 파리지앵들은 기다렸다는 듯이 컬러풀한 화분과 꽃을 집 안에 두기 시작했다. 꽃의 생기로부터 에너지를 얻고 치유를 받았다. 그 덕인지, 6월 초 프랑스 꽃집의 대목인 '어머니의 날La Fête des Mères'은 우려와 달리 작년보다 더 많은 인파로 북적였다. 매년 이 시즌이면 인기 절정인 작약Pivoine과 향기 가득한 프랑스산 이브 피아제, 이 계절 꽃들을 올해도 볼 수 있음에 감사하듯.

6월 중순, 각종 회사와 레스토랑이 다시 업무를 재개하면서 파리 곳곳에 다시 꽃들이 배달되었다. 파리의 많은 레스토랑과 호텔, 사무실들은 매주 한번 정기적으로 꽃 장식을 주문하는 아본느멍Abonnement이라는 시스템을 이용한다. 작게는 주당 50유로부터 공간의 크기와 예산에 따라 몇백 유로의 규모가 되기도 하는데, 꽃이 더해주는 공간의 멋을 보고 있노라면 우리의 역할이 뿌듯하기만 하다.

시기는 침울하지만 사람들은 낙천적이며, 자칫 잿빛이 될 뻔한 인생에 컬러를 더해야겠다는 의무감으로 매주 클라이언트들을 매료시킬 디자인을 고민한다. 자연이 그리고 꽃이 일상에 어떤 영향을 미치는지, 그 가치를 경험한 사람들의 시야는 다르기 때문에 더 고민하는 일이기도 하다.

코로나를 경험하며 우린 늘 바라마지 않았던가. 이전의 아무렇지 않게 흘러가던 자유롭고 소소했던 그 일상이 참 소중했다고. 행복이 어디서 오는지 내 안에서 발견하고 나면 별게 아닌 게 된다. 긴 터널에도 끝은 있고 밤을 지나 아침이 오듯 잃어버린 우리의 계절도 다시 찾아올 테니까.

지금을 살고 있는 파리지엔의 일상이 달갑지 않다가도 피식 웃으며 무언의 동의를 보낸다. 어차피 오늘을 살아내야 한다면, 난 꽃 한 송이로 바뀐 집 안의 분위기처럼 작은 것에서 행복을 느끼겠다고, 그들이 사는 지극히 낙천적인 방식으로 말이다.

바캉스가 지나고 불어닥친 제2차 코로나 바이러스의 유행에, 유럽은 다시 재봉쇄에 들어갔지만 1차 봉쇄 때보다 여유로운 표정이다. 하루 몇만 명씩 쏟아지는 확진자 소식에 전보다 몸은 사리지만 여전히 그들은 단지 오늘을 살아가는 일에 즐거운 한 표를 던지듯 해가 뜨면 산책을 하고, 소박한 행복을 위한 맛있는 음식과 와인을 사며 일상을 이어간다.

알베르 카뮈의 《페스트》에선 재앙이란 사실 늘 있는 일이지만 막상 그것이 머리 위에 떨어지면 재앙이라고 생각하기 어렵다고 말한다. 그리고 세상에서 그 누구도 그 피해를 입지 않은 사람은 없기에 사람들은 제가끔 제 속에 페스트를 지니고 있으며 늘 스스로를 살펴야지 자칫하다가는 남의 얼굴에 입김을 뿜어서 병독을 옮겨주고 만다고 서술한다.

그래, 스스로 살피는 수밖에 없다면, 우리 모두 하나쯤의 페스트를 지니고 있다면 가끔은 그들처럼 마음이라도 낙천적일 필요가 있지 않을까.

귀국 안 하세요?

코로나로 많은 한국인 유학생들과 주재원들이 귀국행을 선택했다. 반면 가족이 있는 이들, 오래 산 이들은 이곳이 삶의 터전이 된 지 오래라 스스로를 지키는 방법에 더 집중했다. 귀국행을 선택하는 그들이 십분 이해가 되었다. 나 역시 파리에서 자리를 잡고 살고 있지만 코로나 시대 이전부터 혼자라는 두려움은 마음속 어딘가에 늘 웅크리고 있었다.

혹시 아프면 누가 간호해주지? 한국에 있는 가족과 지인들이 아프면 이 상황에서 어떻게 달려갈 수 있을까 하면서 말이다. 격리당하는 동안 그 두려움은 더 커질 수밖에 없었던 것이, 일부 나라들은 공항을 폐쇄했고 상황이 진정될 때까지 직항편을 없애기도 했으니까 말이다.

사실 귀국에 대한 고민은 해외살이 1년 차부터 시작되었다. 지진과 방사선으로 뉴스에 연달아 보도가 되던 2011년의 일본을 시작해 코로나로 유럽이 심각 단계에 이른 지금까지, 매년 한국으로 휴가를 갈 때면 가족들과 지인들은 나의 귀국

일정부터 궁금해했다. 해가 누적되어 10년이 넘었어도 그들의 걱정은 그대로였다.

어서 빨리 들어와서 한국에 적응해야 할 텐데. 가정을 꾸려야 할 텐데. 도전도 이제 그만하면 되었다는 '정착'하라는 소리를, 다양한 표현들로 나를 설득시키려 했다. 나 역시 누구보다도 정착을 원하는 사람이었고, 소박할지라도 안정적인 미래를 꿈꾸는 사람이었으므로 그들의 바람을 모르는 건 아니었다. 평범한 삶이 가장 행복함과 동시에 가장 어렵다고 한다면 나의 10년은 평범하지 않았다는 이야기에 거침없이 동의한다. 그러나 평범하지 않았다고 행복하지 않았다는 말에는 동의하지 못한다. 기준은 저마다 다르니 적어도 지난 시절을 되돌아보며 다시금 느낀 건데, 난 그때의 나로 돌아갔어도 적어도 한 가지 이상의 모험에 도전했을 것이다.

유학과 이민이 삶을 더 윤택한 각도로 보게 만들어주리라 확신할 순 없지만 나는 그게 배낭이든 이민 가방이든 짊어지고 떠났을 거다. 각자의 경험치와 보고자 하는 시선이 다르므로 각자의 방법으로 살면 된다. 그게 평범한 삶이든 비범한 삶이든, 정답은 타인에게 기대할 수 없다. 나는 떠나왔다. 내 안의 정답을 찾아.

그렇게 다리를 하나씩 건너다보니 프랑스에 다다랐다. 그리고 알았다. 어디에 있느냐가 중요한 게 아니라, 내가 누구인지가 중요한 일임을. 코로나를 겪으며 다른 재외국민들처럼 귀국에 대해 더 고민했다. 사랑하는 가족들 품에서 안전하게 서로를 챙기며 소소한 일상을 누리고 싶다는 생각이 전보다 강해진 건 사실이었다. 그러나 동시에 10년간의 내 발자취를 포기하고 새로운 시작에 나서야 한다는 두려움도 찾아왔다. 무슨 선택을 하든 기회비용을 따져 선택에 대한 값을 지불해야 한다는 것을 지난 시간 동안 경험했기에.

하나를 얻기 위해 다른 하나, 혹은 그 이상까지 포기하지 않으면 안 되었던 시간들 속에서 귀국이라는 선택지는 생각보다 큰 기회비용을 따져야 할지도 혹은 의외로 간단할지도 모른다. 그래서 귀국 언제 해?라는 질문에 늘 정확한 답을 내놓지 않았을지도 모른다. 생각보다 해외살이가 잘 맞는 이유도 없지 않았지만, 한 해 한 해 목표가 있었기에 귀국에 대한 옵션은 늘 마지막이었다. 그리고 나답게 살 수 있는 시간이 넉넉히 주어져 행복했다.

그리고 10년이 지나 이런 고민들을 다 펼쳐놓고 생각했다. 살아갈 배경은 지금까지 그래 왔듯, 크게 날 좌지우지하지 않을 것이라는 걸. 그곳이 한국이든 일본이든 프랑스든 어디서든 나답게 살 수 있을 거라는 정답을 얻었다. 어렵사리 어딘가 정착을 했다고 해서 떠나온 곳을 버려야 할 까닭이 있을까? 내게는 두 발을 딛고 살아보았기에 언제든 다시 가볼 수 있는 곳들에 가깝다. 시간 여행하듯이 말이다.

그래, 발돋움을 위한 움츠림은 있을지라도 좌절하지 않을 만큼의 단단함과, 보람을 담아낼 시간들을 위해 적당히 비워낼 줄도 아는 대담함과 안목이 생겨 안심이다. 적어도 한국을 떠나오기 전, 스물여섯의 나보다는 지금의 내가 믿음직스럽다. 그간 익힌 언어들은 단순히 말을 하기 위한 수단이 아닌, 소통의 문이었고 그 문을 통해 여러 세상을 볼 수 있었다. 비록 여러 나라를 옮겨 다닌 탓에 많은 비용 지불이 있었지만 절대 돈으로 사지 못하는, '지금의 나'라는 사람을 만드는 값진 시간임에 틀림없다.

가끔 거쳐온 나라들의 정서가 뒤섞인 내 안의 여러 정체성으로 기분이 묘해질 때도 있었지만 나쁘지 않다. 나를 하나로 표현할 수 없다는 건 여러 가지 내면의 자아가 있다는 이야기이고 상황에 따라 변화될 수 있는 다채로운 정체성을 지니게 된 것 같아서 말이다.

20대에 시작한 나를 찾는 여행은, 10년이 흘러도 계속되었고 정착을 한다 하더라도 계속될 것이다. '100세 시대니까'라는 흔한 말을 쓰고 싶진 않지만 그렇게 생각하고 딱 1년만 투자해보자고 떠난 여행이 이민이 되었다.

소박해도 좋고, 화려해도 좋다. 앞으로 써 나갈 나의 이야기들이. 분명한 건, 내가 누구인지 이해하는 것, 그리고 원하는 모습의 삶을 어떻게 그려갈 것인가에 대한 신념이 있다면 그곳이 어디가 되었든 누구와 함께 있든, 나는 나대로의 향기를 뿜어낼 수 있지 않을까 하고 감히 생각해본다.

운명이 정해져 있는 거라면

파리에서 살다 보면 사연 있는 사람들을 참 많이 만난다.

이 도시가 사연 있는 자들을 이끄는 매력이 있어서 그럴지도 모르고, 파리에 와서 사연이 생긴 걸지도 모르겠다. 유럽이 주는 낭만과 동경은 그 사연을 감싸 안아주기에 충분한 포용력을 갖고 있는 것만 같다.

우리 숍에 인턴으로 짧게 일본에서 와 있던 치하루에게 함께 꽃 학교를 다닌 일본인 친구가 일하고 있던, 예전에 내가 인턴을 했던 숍을 알려주었다. 일본에서 숍을 하고 있는 치하루가 파리에 있는 동안 가능한 많은 플라워 숍을 둘러볼 수 있도록 말이다. 그리고 숍 투어를 하고 온 날, 치하루는 그 친구와 찍은 사진 한 장을 보내왔다. 아, 같은 일본인이라서 차라도 한 잔 했구나 했는데, 둘은 아는 사이였다.

자초지종을 들어보니, 중간에 겹치는 친구가 있어 서로의 존재만 알고 있었는데 파리에서, 그것도 내가 알려준 그 숍에서 우연히 만날 줄 몰라 더욱 반가웠다고. 역시 세상은 좁다며 죄짓고 살지 말자고 허허 웃고 넘겼지만 참 신기했다.

　후에 치하루를 통해 그 친구에 대해 더 자세히 전해 들을 수 있었다. 그저 열심히 일하고, 독하게 공부하는 욕심 많은 친구로만 알았던 그 친구는 일본에서 남편과 사별하고 제2의 자신의 인생을 살기 위해 일본을 떠나온 거라고.

　사고로 잃은 사랑하는 사람의 기억을 고국에 묻고 낯선 곳에서 하나부터 새롭게 쌓아간 그녀의 지난 시간들이 결코 쉽진 않았으리라 짐작되었다. 그리고 코로나19를 겪으며 평소 알고 지낸 프랑스인 친구와 연인으로 발전된 그녀의 삶이 전보다 더 활기차다고 했다. 어렵게 다시 얻은 행복으로 프랑스에서 꽃을 하면서 소박하지만 새로운 삶을 이어가고 싶다고 했다. 그녀의 사연을 듣고 떠오르는 사람들이 참 많았다. 무수한 사연들을 내어주기도 하고 삼키기도 하는 파리에서 그녀가 이뤄낼 해피엔드는 무엇일까. 묵묵히, 기꺼이 응원해주고 싶어졌다.

　그러나 그녀처럼 코로나19를 계기로 서로의 존재를 확인하며 더 단단해지는 커플이 있는 반면, 전 세계의 연인들이, 혹은 가족들이 그와 다른 길을 선택하기도 했다. 코로나 출산, 코로나 이별이 괜한 말이 아니듯 나도 예외일 순 없었다.

　파리와 뉴욕을 오가던 장거리 연애는 막힌 국경 앞에서 기약없는 만남에 날짜만 세고 있을 뿐이었다. 처음부터 장거리로 시작된 인연이라 언제 헤어져도 이상하지 않을 조합이었지만, 남들은 이해하지 못하는 만남을 이어오며 꽤 안정을 찾았다고 생각했는데 이별에는 예고가 없었다.

마음을 추스르는 동안 코로나19를 원망해보기도 했지만, 오히려 감사해야 할지도 모르는 일이었다. 어려운 상황을 핑계로 그동안 잠재되어 있던 문제들이 수면 위로 떠올랐기에 우리는 이별이라는 선택지를 골랐으니까. 맞지 않는 옷이라 생각지 않았기에 옷에 몸을 맞추는 일이 버겁지도 않았다. 그리고 그 시간 동안 우리는 행복했으니 그걸로 되었다. 정신을 차린 순간 내게 맞는 옷은 따로 있음을, 모든 건 이유가 있음을 깨닫게 되었으니까.

그동안, 예정해왔던 그리고 계획했던 나의 삶이 바뀌면서 그리고 이곳에서 몇 번의 사랑을 떠나오고 보내줄 때마다 그 말을 되새겼다. 모든 건 다 그리될 수밖에 없는 이유가 있다고. 과거를 후회하자면 끝이 없기에, 내 손을 떠난 건 한숨과 함께 고이 접어 묻었다. 헝클어진 내 마음을 빗어주듯 말이다.

일본에서의, 나를 지켜주던 그와 함께여서 충족하고 따뜻했던 기억을 시작으로 파리에서 바레인까지, 또다시 시작된 장거리도 끄떡없을 만큼 마지막이라 믿었던 인연, 그리고 멀리 떠나와 시간이 지나면서 이해되었던 관계들과 함께 고요하고 때론 격렬했던 감정의 변화들을 겪으며 또 그렇게 생각했다. 다 이유가 있었겠다, 그때는 미처 알 수 없었던. 그때의 그가, 내가 그리고 우리가 그럴 수밖에 없던 이유들 말이다.

\\\

오려내고 싶지 않은 소중했던 순간들로부터 오려내어도 아깝지 않을, 잊고 싶은 시간들까지도 어쩌면 정해진 시나리오 같은 거라고 생각했다. 일만큼 사람과의 관계에서도 늘 최선을 다하려 애썼던 나만의 해석일지도 모른다. 물론 매 순간 고민 끝에 내린, 최선이라 믿었던 선택 속에서도 때때로 그게 최선이었는지에 대한 후회가 밀려왔다. 겁이 나 물러난 적도 있었다. 그러나 그것마저 선택한 내가, 감당해야 할 몫이라면 받아들일 수밖에 없다고 생각했다.

그녀들이 이곳 파리에서 만난 것도, 내게 인생의 친구이자 꽃 동료로 많은 힘이 되어준 치하루와의 인연도, 파리에서 스치고 얽힌 인연들을 통해 성장할 수 있었던 순간들조차 운명처럼 정해져 있었던 거라면 지금은, 다음 시나리오를 향해 나아갈 차례다. 코로나19를 기점으로, 나의 2021년, 2022년 그리고 그 후의 새로운 막이 열린 것이다.

잃은 건 없다. 내겐 아련히 떠올라 곱씹으며 살아갈 추억이 생겼고 누군가와 함께일 때 더 반짝이던 나를 기억하며, 다시 환하게 빛날 시간을 맞이할 준비를 하면 된다.

10여 년간 달려보니 알게 된 건 그랬다. 일과 도전은 스스로의 역량을 키워 힘을 내면 되는 일인지 몰라도 인연을 만나는 일은 그렇지 않다는 걸. 내게 맞는 사람을 만나는 일, 그 만남으로 서로가 동시에 마음을 열고 미래를 그리는 일은 혼자서 할 수 없는 일이라, 내게 가장 중요한 가치는 사람, 인연이라고 말이다. 내 편이 있다는 자신감은 스스로 만들어낼 수 있는 동기 부여보다 더 큰 힘을 준다. 혼자서 달릴 수 있을 만큼 잘 달려왔다면, 누군가의 손을 잡고 걸어도 보고 뛰어도 보는 그 길 역시 의미 있을 것이다.

파리는 골목 구석구석 저마다의 사연을 담고, 말해준다. 생각보다 작고 좁은 이곳엔 많은 인연들이 스쳐 지난다. 찰나의 순간에 심장을 뛰게 만든다. 그리고 새로운 나로 채워넣기를 요구한다.

파리와 내가 만나게 된 것도 어쩌면 정해진 운명이었을까? 인생의 한 시절을 파리에서 살아본 기억, 열렬하게 마음을 다해 지내본 기억이 훗날 내게 어떠한 형태로 남아 자리 잡을지 궁금하다는 말을 끝으로,

À très bientôt.

- Finis -

**나는
파리의 플로리스트**

1판 1쇄 발행 2021년 3월 26일
1판 2쇄 발행 2024년 1월 17일

지은이 이정은
펴낸이 주연선

04035 서울특별시 마포구 양화로11길 54
전화 02)3143-0651~3 | **팩스** 02)3143-0654
신고번호 제 1997-000168호(1997. 12. 12)
www.ehbook.co.kr
lik-it@ehbook.co.kr
www.instagram.com/lik_it

ISBN 979-11-91071-40-5 03810

＊ 라이킷은 (주)은행나무출판사의 애호 생활 에세이 브랜드입니다.